「じゃあ、そのままイけよ」

デジカメ片手に、斉木は嘯く。

「でき……な、い……」


このまま達しろと言うのか?

触りもしないで、白濁の体液を垂れ流せと……。


Illustration/ROW TAKAKURA

プラチナ文庫

快楽報酬

あさひ木葉

"Kairakuhohsyuu"
presented by Konoha Asahi

プランタン出版

イラスト／高座　朗

目次

※本作品の内容はすべてフィクションです。

1

（また、来てしまった）

秦部《はたべ》直弥《なおや》は、目の前のドアを睨《にら》みつけた。

重厚な、黒いドア。この数ヶ月ほどの間、週末になるたびに直弥はこの扉の前に立っている。

そのドアは、特殊な性的嗜好《しこう》を持つ男たちのたまり場へと続いていた。

直弥は小さく息をついた。

（俺はいったい、何をやっているんだ……）

考え事をするときの癖で、眼鏡のフレームを弄《いじ》りながら、直弥は心の中で呟く。

自問自答も、何度繰り返したのかわからない。

この店の存在を噂で知り、すぐに場所は探し出せたものの、実際に足を運ぼうとするまでには数ヶ月かかった。

そして、いざ辿り着いてからも、店内に足を踏み入れるまでが長かった。

新宿二丁目から少し外れたところにあるこの店は、同性愛者である男たちのためのクラブだ。

古びたビルの半地下になった入り口は、通りすがりの人間には見つけ出すのは難しい。目的があって訪れる者以外は拒絶する仕組み。しかし、その目的に、直弥は積極的になれないままだ。

このドアの前に立つたびに、直弥は逡巡する。結局、そのドアを開けてしまうことになろうと。

薄暗い店内で繰り広げられる遊びを、拒んでいるのに……。

けれども、今晩は、いつもとは違う気持ちだった。自棄《やけ》になったような、たがを外してしまいたいような気持ちにすら、なっていた。


「いらっしゃいませ」

あまり人懐っこすぎず、もちろん無礼でもない、ほどよく感じのいい控えめな口調で迎えられ、直弥は小さく頭を下げた。

直弥はどちらかといえば、人には冷淡に見られがちだろう。証券会社のディーラーという職業を明かせば、いかにもと思われることが多い。実際の性格はさておき、理性的、クール、策略家……。それが、直弥の容姿に付随《ふずい》するイメージだった。

冷ややかな印象を際立てているのは、線の細い面差《おもざ》しだった。決して女顔というわけではないが、綺麗《きれい》系の顔立ちをしていると言われる。なよなよと不自然に痩せているわけではないのだが、骨格が、生来細いのかもしれない。身長はほどほどにあるが、シルエットはすらりとしている。

シルバーフレームの眼鏡を愛用しているが、年に一度は、お節介な誰かにコンタクトに変えろと言われる。その方が、人に親しみを感じさせるだろう、と。

しかし、取っつき悪く見えてもかまわない。直弥自身は、そんなことは気にしていないのに、なぜ他人がそんなにも気を回すのか。人と積極的に関わりたいとは思っていないから、本当に大きなお世話だ。

人間嫌いというわけではないが、あまり他人に関心を持てないというところが、直弥にはあった。

そんな直弥にとって、情報と数字を相手にするディーラーという職業は天職だ。パソコンモニターを通しての駆け引きが成功すると、軽い興奮を感じる。それは、性的な快楽にも似ており、直弥をいつでも夢中にさせる。

仕事人間だと周りに思われている直弥だが、会社が大事というよりは、株取引という行為自体が重要なのだ。たとえ会社を辞めることがあろうと、きっと株取引トレードを続けることだろう。

いつものとおり、店内の隅っこにある小さなテーブルについた直弥は、口あたりのいいワインをオーダーした。

この店でアルコールを口にすることはあまりなかったが、今夜は特別だ。飲まなくてはやっていられない。

（よく考えてみれば、この店じゃなくてもよかったか。酔って面倒を起こすとまずい。気をつけよう）

一人になったら気が滅入りそうだったから、どこか人ごみにまぎれていたかった。とはいえ、行くあてもなく、足繁く通っているこの店に来てしまったのだ。直弥は、仕事以外の楽しみを本当に知らないのだ。

同じ性的嗜好を持つ者たちが集まるこの店では、あちらこちらで、手軽な恋の駆け引きが行われている。

直弥の容姿は同性からも価値があるように見えるらしく、この店でもよく声をかけられるが、たいていは一睨みして退散させていた。

この店に来るのは、ものわかりのいい大人ばかりだ。直弥さえしっかりしていれば、深追いされたりはしない。

このテの店に入っても、直弥は誰のことも寄せ付けない。まったく、自分らしい話だ。そして、らしいということに、安心する。

直弥がこの店に来るのは、その安心という感覚を味わいたいからだろうか。

(我ながら、ぞっとする)

直弥は思いつきを否定するように、頭を振った。

他人と関わることなんて、望んでない。淡泊な人間関係で、結構だ。日々の仕事に夢中で、数字と戯《たわむ》れているのが直弥には心地いい。

他人に邪魔されない生活は快適で、直弥は一人を好んでいる。

まるで、自分自身に言い聞かせるように繰り返す。

自分は理性的な人間で、欲望に流されたりはしないのだと。他人など求めず、己だけで完結することができるから、完璧だ。

（まるで、言い聞かせているみたいだな）

直弥は、皮肉げな笑みを浮かべてしまった。

自分の気持ちに蓋をしている自覚はある。

しかし、それ以上突きつめて考えると、直弥自身にとっておもしろくない結論になりそうだ。だから、思考をそこでシャットダウンする。

その感情は、生きていく上では必要でもなんでもないはずで、むしろ理性的な思考の足《あし》枷《かせ》にしかならないものだった。

（……必要ではない）

執拗《しつよう》な心の声。それこそ、直弥の本音の裏返しなのかもしれないが……。

「失礼します」

すっと、グラスが差し出される。

心の中に渦巻いていた、どす黒く重苦しい感情が、弾《はじ》ける。

オーダーどおり出てきたワインを口に含み、小さく息をついた。

今の自分は、まともな精神状態ではない。

自分の中にいる、冷めたもう一人の自分に非難され続ける。

直弥がこの店に通っているのは、声をかけてくる男たちを拒むためではないのか？　拒める自分を、確かめたがっている。

そうして、己の性癖を否定することで、自己を保とうとしているのではないか。

自分はゲイではない。

心の中から消えてくれない、ある男への感情は恋ではない……。

（おまえが、図々しく近づいてくるから悪いんだ。本当は、おまえのことだって寄せ付けたくない。寄せ付けたくなんて、なかったんだ）

直弥は長い睫《まつげ》を伏せた。

脳裏に浮かんだのは、高校時代からの知人である瀬木野己之《せぎのみゆき》の笑顔だ。

直弥は頑《がん》として友人とは認めていないが、瀬木野自身は自分を直弥の友人と自認している。直弥がどれだけ辛辣《しんらつ》な態度を取ろうと、彼だけは陽気に声をかけてくるのだ。

今は大手の証券会社で営業をしている瀬木野は、感情の起伏を表に見せない直弥とは正反対で、いつも笑っているような男だった。周囲には取り巻きがいて、明るく快活な空気に包まれている。

あれだけ取り巻きがいるのだから、自分のことなんて放っておけばいいのに、瀬木野は違う会社に就職し、つながりが絶えたはずの今でも連絡してきて、直弥を飲みに誘い出したりする。あの男いわく、友人付き合いだと。

いい迷惑だと直弥が言っても、気にしない。俺は美人見るとかまいたくなるからさ、などと、図々しく肩まで組んでくる。

何げなく、体を抱き寄せる仕草が、どれだけ直弥を悩ませているのか、きっと脳天気な彼は知らないだろう。

彼の体温や、興奮して話をしていたせいでうっすら汗ばんだ肌の感触を思い出した途端、背中が粟立《あわだ》った。

（……くそっ）

認めたくない。

瀬木野のことを考えると、直弥は冷静ではいられなくなる。快活で残酷な自称友人は、もう何年もの間、直弥にとっては理性で割り切れない存在になっていた。

しかし、そんな感情が存在したところで、どうなるというのだろう？

瀬木野には、どんなときにでも可愛い彼女がいた。直弥が彼を思うように、彼が直弥を思う確率なんて、ゼロに等しいのだ。

しかし悲しいことに、直弥の胸の中にある瀬木野への感情は、もう何年も変わっていやしなかった。

たとえ、あの脳天気馬鹿が、「俺今度結婚するんだ。ようやくプロポーズ受けてもらえた」なんて、昼休みに空気を読まない電話をかけてきたとしても！

直弥の基本的な性格は、高校時代から変わっていない。人と関わることの面倒さが、楽しさを上回る。そんな自分について、悩むことはなかった。孤独を、寂しいとは思わない性格なのだ。

根底には、当時から女性に興味を持てず、周りと自分は何か違うのではないかと、感じていたこともあるかもしれないのだが……。

ところが、瀬木野は直弥を変えてしまった。

一人でいることを好んでいたはずの直弥は、少しずつ変わっていった。

瀬木野のせいで、孤独を知った。

寂しさを、知ったのだ。

一人であることが。

彼が、自分以外の人間のものになることが……。

自分でも、馬鹿だと思う。

認めたくなくて、こんな場所にまで来て、自分は誰も必要としない人間なのだと信じたがっている。

でも本当は、そうやって己の気持ちを強烈に否定しようとしている、その同じ強さで、瀬木野のことを想っていた。

　恋をしている。

　瀬木野が欲しくてたまらない。

　他人に興味を持てないと思っていた自分に、ずかずかと近付き、図々しく絡んできた男を。

（あんなに、鬱陶《うっとう》しい奴だと思ってたのに……）

　どれだけ冷たい言葉をぶつけても、それでも瀬木野は近寄ってきた。そして、いつのまにか、直弥の中で彼の存在が大きなものになっていたのだ。

　瀬木野はきっと、直弥のこんな気持ちは知らないだろう。

　いや、知られてたまるか。

　直弥自身すら、いまだ認められなくてあがいているこの感情。自分は男でありながら男を愛していると認めるには、勇気が必要だった。

　己ですら、こうなのだ。同じ会社の受付の可愛い女子社員とやらと結婚するという瀬木野は、絶対に受け入れてくれないだろう。

　気持ち悪いと思って、もう二度と近寄ってこないかもしれない。

（そんなのは、ごめんだ）

得られるものもなければ、失うものもない現状を、直弥は選ぶ。

瀬木野には今までどおりに、直弥の気持ちにはおかまいなしで、強引に、図々しく声をかけてきて欲しい。

そして直弥は、うるさいな、鬱陶しいなと、彼に対して思い続けていたかった。

それ以上、何も望めない。

後悔はない。自分を憐れむなどという、プライドのない真似をするつもりもなかった。

こんな息苦しい膠着《こうちゃく》状態のまま彼とのつきあいを続けていくことになるのは、直弥がこういう性格の人間だからだ。

誰のせいでもない。

瀬木野を鈍感野郎と心の中で罵《ののし》ったこともあるが、何より意気地なしの自分がいけないということはよくわかっている。

自分は孤独も苦にしない、強い人間だと思っていた頃もあった。

でも本当は、防波堤を張り巡らせていないと、近寄ってきた他人と深く関われば関わるほど弱くなっていく、脆《もろ》い人間なのかもしれない。

憂鬱《ゆううつ》だ。

もともと直弥には、自分をどこまでも責め続けるような自虐《じぎゃく》的趣味はない。しかし、さすがに今日はダメージが大きかった。鬱々と考えこんでしまう。

瀬木野の結婚報告自体もダメージだが、それについて、ここまでダメージを受けているという事実が、さらに痛い。

どうせ手に入らない、それで構わないと思っていたのに、いざ本当に他人のものになってしまうと、やはり辛い。

(女々しい自分が、ムカついてきたな)

早く気持ちを切り替えたい。このままでは、仕事にも響きそうだ。

(あいつの顔は、しばらく見ないでおこう)

ワイングラスを傾けながら、直弥が至った結論はそれだった。

もう少し冷静さを取り戻すまで、瀬木野とは会わない。

はしゃぐ彼をいつものように一瞥《いちべつ》して、よかったな、と言ってやれるようになるまで。

さもないと、とんでもない醜態《しゅうたい》をさらしそうだ。何より、直弥はそれに耐えられそうにもなかった。

「ここ、いいか」

なんてタイミングが悪い。

図々しく、声をかけてくる男が現われた。

このクラブの常連は、あらかた直弥に撃退されている。いったい、誰だろう。新顔だろうか。

直弥は、ちらりと視線を上げた。

そこにいたのは、長身の男だ。随分体格がよくて、こうして自分が座った状態で傍《そば》に立たれると、圧倒されてしまいそうだった。

顔立ちも、印象的だ。

いわゆる雄《オス》くさいいい男なのだろうと思う。野性的な目の光りが、印象的だ。粗野で攻撃性を感じさせながら、本能的な思慮の深さを感じさせる。

「……一人で飲みたい気分なので」

すげなく断ると、男は不遜に笑う。

「そう言うな」

図々しい男だ。ちゃっかり、直弥の隣に陣取った。

少しだけ、瀬木野に雰囲気が似ている。

今はとりわけ、こんな男の傍にいたくなかった。

直弥は、己の弱点を思い起こしたくないのだ。

「日本語が通じないのか」

柳眉《りゅうび》を逆立てるのに、男は大胆にも直弥の股間に手を伸ばしてくる。

「……っ」

直弥は顔色を変える。

しかし男はおかまいなしで、直弥の性器を握り込んだ。まるで、玩具を嬲《なぶ》る子供のように。

「く……っ」

「ここがどういうところかわかった上で、一人で飲みに来て、思わせぶりに色気振りまいているくせに、そりゃないだろ」

荒っぽいが、明るい口調で男は図星をついてくる。

「それとも、本当に火遊びをするつもりはないくせに、雰囲気だけ浸りたいってわけか。可愛いな。どこの箱入りお嬢さんだよ」

「はな…せ……っ」

低い声で咎《とが》めたが、男の指にはますます力が加わった。スラックスの上から、性器の形を確かめるようにいやらしく指先が動く。

「……っ」

信じられない。

今まで、ここまで大胆かつ粗野な振る舞いをしかけてきた相手はいなかった。

ここはクラブの店内で、薄暗いとはいえ、少し離れたテーブルには人がいる。

確かに、男二人が寄り添っていようと何も言われないし、誰もが見て見ぬふりをするだろうが、盛りがついた男たちのたまり場というよりも、もっと紳士的な店なのだ。今まで直弥に言い寄ってきた男たちは誰一人、ここまで強引な行動に出てきたりしなかった。スマートに装うことが、美徳とされる雰囲気が漂っていた。

しかし、男は不遜だった。どこだろうと自分の思いどおりに行動しようとする、我の強さが窺《うかが》える態度だった。

(この野郎……っ)

騒ぎ立てるには、直弥の矜持《きょうじ》が邪魔をする。

とはいえ、これ以上、男にいいように扱われてたまるか。

直弥は男の体を押しのけようとするが、相手はますます体を寄せてくる。無言の攻防戦は、急所をおさえられている直弥が圧倒的に不利だった。

男の指先の動きに合わせて、熱が下半身にたまっていくのがわかる。

下着の中のモノは、少しずつ姿を変えつつあった。中から、濡れる。濡れた布地が、性器に絡みつき、張り付くように包み込んだ。

布地のこすれる感触は、不快と共に疼《うず》きを直弥に与えた。

「……あうっ」

低い呻き声を上げ、とうとう直弥はテーブルに突っ伏してしまった。握り込まれた性器は力を加えられ、いいように形を歪《ゆが》められてしまう。

(この野郎……っ)

直弥は、ぎり……っと奥歯を噛んだ。

ここがクラブの店内じゃなかったら、きっと横っ面《つら》をはり倒している。だが、人目が気になって、それができない。人目を気にする気持ちが、直弥の手足を縛っていた。

「感じてるじゃないか」

ほくそ笑んだ男は、そっと直弥に口唇を寄せてきた。

「なあ、ここを出て、二人でゆっくり話さないか?」

「誰が……!」

こんなことまでしてくる相手と、どこの誰が二人っきりになろうとする？　まったく、ふざけないでほしい。

「ＪＰ証券株式トレーディング部小型株課チーフ秦部直弥」

男はよどみない口調で、直弥の勤め先とフルネームを口にした。

「……っ」

直弥は思わず息を呑む。この男は、なぜそれを知っている⁉

表情を強張らせたまま視線を上げれば、男は不遜な笑みを浮かべた。

「そんなに驚かなくていい。おまえのことはなんでも知っている。……なんでも、な」

「……何が言いたい」

直弥の口調は、警戒も露《あらわ》になってしまう。

男が言うとおり、直弥はＪＰ証券という証券会社に勤めている。

ＪＰ証券は中小企業の部類だが、その分個人の裁量に任されていることが多くて、仕事はやり甲斐《がい》があった。

仕事人間と言われる直弥は、その熱心さに比例した実績を出しており、業界内ではそこそこに有名人だった。

だが、決して表に出るような職種ではないから、通りすがりの赤の他人が直弥の顔や名前を知っている可能性なんて、ないに等しい。

それなのに、なぜこの男は……。

もしかして、最初から直弥とわかって近づいてきたのだろうか？

そうだとしたら、目的はなんだ？

「そんな顔をするな。おまえとは、仲良くなりたいと思っているんだぞ」

男は、口の端を上げる。ちらりと、口元から歯が覗《のぞ》いた。八重歯だ。まるで、猛獣のよく発達した犬歯のような。

「……なあ、二人で話ができる場所に行きたくなっただろ？」

再び、誘われる。

もう、直弥には否と言うことができなかった。

2

直弥は、自分が男に恋情を抱いていることを、否定したくてたまらなかった。理性と常識、そして実らぬ恋など欲しがってたまるかという脆弱《ぜいじゃく》なプライドが、直弥の手足を縛っていた。

当然のことながら、二丁目に通っているなんてことは知られたくない。相手が誰だろうが、勤め先なら勿論。

男の言葉は、そんな直弥の弱みを突いた。

仕事場を知られているということは、恐怖以外の何ものでもなかった。だから直弥は、男に促されるまま、こうしてホテルに来てしまったのだ。

お手軽なラブホではなくて、新宿駅近くの高層ホテルだ。窓からの夜景は絶景だが、それを楽しむどころではなかった。

「……何が目的だ」

部屋に入るなり、直弥は男に尋ねた。

出入り口のドアを、背にしたまま。

直弥の警戒も露な様子には気づいているだろうに、男はそれを傲慢《ごうまん》に無視した。部屋の真ん中にセッティングされているソファに腰を下ろし、背を悠々《ゆうゆう》と預けている。

長い足を誇示するように高々と組み替えた男は、背もたれに背を預けたまま、直弥に声をかけてきた。

「座らないのか？」

「……そういう気分じゃない」

「警戒するな。まあ、強引に連れ出したことは認めよう。悪かったよ」

ちっとも悪びれていない表情でそんなことを言われても、少しも信用できなかった。

（この男は何者だ……？）

直弥は目を眇《すが》め、男をあらためて見つめた。

あっさりとスイートルームを押さえるあたりから、金に困っている様子はなさそうだと踏んでいた。

身なりも、すこぶるいい。口調は荒っぽいが、黙っていれば、まるでベンチャー企業の経営者のように見える。

なぜベンチャー企業に限定するかと言えば、彼の全身に漂う覇気《はき》のせいだった。守りに入ることを知らず、ひたすら前へ前へと前進することを考えている集団のボスに共通する力強さを持っており、それが彼に男らしいセクシーさを加味していた。

こうして、じっくり顔を見据えると、やはりハンサムだ。

図々しさ、臆しない態度は瀬木野に似ているが、それ以外の部分は全然似ていない。高い鼻に深い眼孔は、ともすれば日本人ではなく、もう少し南の血が入っているようにも見えた。肌も少し浅黒く、髪は硬そうだが、ラフに撫で上げられていた。

いわゆる整った美形というわけではなく、整っていないところに美を感じさせるタイプだった。

それに造形がどうのというよりは、彼にはある種のオーラがあって、それが彼を魅力的に見せていた。

こうして、全身で警戒している直弥すら、ちょっとした仕草に目を奪われてしまうほどなのだ。

「何が目的で、俺に近づいた」

「ゲイバーで、好みの男に声をかけただけだ。目的も何もないだろう?」

「……信じられると思うか」

「思っていない」

どこまでも人を食った態度で、男は言う。

「あんたは、どういう答えが欲しい？」

「どうでもいい。とにかく、俺をここから解放してくれ。望みはそれだけだ」

「つれないな」

小さく笑った男は、ゆっくり立ち上がった。

強張った表情のままドアノブに手をかけている直弥へ、彼は近づいてきた。そして、両腕をドアにつき、直弥を閉じこめた。

「俺の名前は、斉木創《さいきはじめ》。以後、よろしくな」

「……」

歓迎していないという意図を籠め、直弥は眼鏡越しに男を睨んだ。

「怖いな……。だが、あんたは美人だよ。怒っていても、そそる」

「ふざけるな」

顔に女性的な評価を与えられても、誰が喜ぶものか。むしろ反発を覚え、直弥は斉木と名乗った男を一刀両断する。

「ふざけてなどいない。本音なんだがな。なぜ、そんなに怒る？」

斉木は、くつくつと喉で笑った。

一転、真顔になる。

「ますます、俺のものにしたくなるじゃないか」

低く、深みのある声だった。

鼓膜《こまく》が揺れると一緒に、直弥の心も揺れる。

狼狽《ろうばい》する。

だが、次の瞬間、我に返った。

こいつは、人の股間を握って、脅《おど》すような男だ！

「いい加減にしろ！」

気がついたときには、直弥は斉木の頬を思いっきり張り倒していた。彼に目を奪われたり、声に聞き惚れたりした、自分を否定したいという思いを込めて。

「威勢がいい奴だ。……ますます気に入った」

直弥の平手打ちなどは、彼に少しもダメージを与えられなかったようだ。それどころか報復するように、斉木はいきなり直弥の口唇へ食らいついてきた。

「……うっ」

直弥は息を呑む。

いきなりキスなんて、ふざけるな。離せこの野郎と罵ってやろうとしたのに……その鋭い牙で口唇を嚙まれた瞬間、脳髄までしびれるような感覚が走った。

鋭い痛みが、直弥の体を溶かしたのだ。

つっと、キスにつり込まれる。

「……く…っ」

斉木に抱きすくめられ、さらに深く口唇を重ねられる。肉厚の舌が入り込んできた時にも、直弥は抵抗できなかった。頰の内側や喉奥まで、舌先でえぐるような動きに翻弄《ほんろう》されていく。

痛み、苦しさ、そして……熱。

斉木の腕を振りほどこうともがいていたことも忘れ、直弥はいつの間にか広い背中に腕を回してしまっていた。

彼を受け入れたわけじゃない。でも、体内に湧いた熱を持てあまし、その熱の暴走で溶けそうになる体を支えるために、斉木を利用しようとしたのだ。

しかし、結局は、彼に抱きついていれば世話はない。

熱で脳髄が沸いて、理性が失せていく。たくましいその体に奇妙な安心感すら抱いて、つい背中にすがるような体勢になっていく。

「……ふ……ぅ…」

口唇の端から溢《あふ》れた唾液が顎《あご》を伝う、ぬるっとした独特の感触のおかげで、直弥は我に返った。

「……う、うう……っ」

（なんだ、今のは!?）

直弥は狼狽した。

暴力じみたキスなのに、まるで自分の反応は……？

（望んでなんかいないのに、受け入れているようじゃないか）

自分自身が、信じ難い。

恥辱にすら、感じた。

キスに酔いかけていたことを否定するように、乱暴にもがきはじめた直弥だが、斉木に強引に抱きすくめられた。

斉木の力は強い。直弥が渾身《こんしん》の力を込めているのに、腕を振りほどけない。

（この……っ）

なす術《すべ》もなくなり、口腔をまさぐっていた舌に歯を立てる。

するとようやく、斉木は傍若無人《ぼうじゃくぶじん》な弄虐《ろうぎゃく》をやめた。

「どうした？　好すぎて錯乱したか」

「違う……！」

どうしてこの男は、ここまで図々しい自信家なのか。ずれた眼鏡の位置を直しながら、直弥は斉木を睨みつけた。

斉木は、余裕ありげな笑みを浮かべた。

「強がるな。おまえのココを見れば、すぐにわかる」

「あう……っ！」

下肢を無遠慮に握りこまれ、直弥は声を上げてしまう。

斉木の力は強かった。大きな指で摑《つか》まれると、スラックス越しとはいえ性器は反応する。しかも、力の加減は絶妙で、裏筋を扱《しご》くような指の動きの淫《みだ》らさは意図的で、テクニックを感じた。

「……っ、う…」

ぎりぎりと握り込まれるせいで、ジッパーが裏筋に当たる。食い込む。布で包まれているだけじゃない、鋭い痛みに襲われる。

「く……あっ」

それなのに、直弥の腰はぴくっとはねた。硬いものを押しつけられたまま握られているのに、そのしびれるような痛みは快感に変わるのだ。

「……おまえ、こういうのが好きみたいだな」

斉木は揶揄《やゆ》するように、指を動かした。

ジッパーを、わざと性器に食いこませるように。

その金属質のものを、強調するように。

……痛みで感じていることを、斉木は直弥に思い知らせようとしている。

「少し痛いほうが、感じるんだろ。そんな取り澄ましたツラしているのに、内心では壊されるのを待っているんじゃないか？　滅茶苦茶《めちゃくちゃ》にされたら……なんてことに、無意識ではロマンを感じている」

「か、勝手なことを言うな……っ」

口では、勢いよく否定した。しかし、直弥は狼狽していたのだ。斉木の言葉なんて聞く価値はないと思いながら、心のどこかにしっくりとハマっている。

そんなことは、今まで考えたこともなかったのに。

直弥の性生活は淡泊で、とりわけ瀬木野への複雑な感情が芽生えてからは、ひどく自己抑制的になっていた。

瀬木野をオカズに自慰などしたら、直弥のアイデンティティは崩壊してしまいそうだったので、彼を性的なファンタジーの対象にしたことすらない。

幸い、性欲は強くないので、辛いとも思わなかったのに……。

(なぜ、俺はこの男相手に反応を……いや、仕方ない。これは生理的な反応だ)

性器の硬さを感じながら、直弥は奥歯を噛みしめた。

今の自分の体の反応が、忌々《いまいま》しくて仕方がない。

これは男に反応しているわけではなくて、ただの生理的な条件反射なのだと自分自身へ言い訳じみたことを考える。

「勝手？　そうだろうか。あんたも、ちょっとは俺に興味があるんじゃないのか」

「人のペニスを弄《もてあそ》んでおいて、よく言うな。おまえと一緒にするんじゃない。誰にでも彼にでも盛ったりするものか。俺は、動物じゃないんだ」

体が反応していることへの動揺を押し殺し、直弥は言う。

こんな、人の体を無遠慮に弄ぶような野蛮人と、自分を一緒にしないで欲しい。セックスのことばかり、考えているわけじゃない。

「だいたい、誰が壊されたいなんて思うものか」

斉木は、小さく笑った。

「そうか？　そんな身構えてりゃ、疲れるだろう。壊れたくなる気持ちも、わからないでもない。崩壊したあとの、カタルシスっていうのか？　おまえは、無意識にそれを求めているように見えるけどな」

「わかったようなことを……っ」

見透かすような言葉が、気に入らない。直弥は、剣呑《けんのん》な眼差《まなざ》しになる。

「わかりたいと、思っている。だから、わかろうと努力しているさ。よく観察して、な」

斉木はあくまで、軽口を叩き続ける。

しかし、その言葉はあまりにも意外なものだった。直弥は、思わず押し黙ってしまう。

直弥を、わかろうとしている？　こんなふうに身勝手で、初対面でいきなり体に触ってくるような常識外れの男のくせに。

しかし、今まで誰も、瀬木野だって言わなかったことを、彼は言う。

クールだ取っつきにくいだと、直弥の外見で周りは判断する。

直弥は自分自身をさらけ出せない性格だから、周囲としては外から判断するしかない。

それも当然だ。わざわざ踏みこんでこようとする相手なんて、誰もいなかった。

これほど他人と関わりたがらない直弥と積極的に接しようとする相手なんて、瀬木野だけだったのに……。

斉木には反発しているのに、その言葉には心が揺れてしまう。

直弥の耳元で、斉木はねっとりとした声で囁いた。

「俺の前で、隠すことはないんだぜ。窮屈《きゅうくつ》そうな顔をしているじゃないか。一目見たときに、わかったよ。いっそ、俺のところに来いよ。がんじがらめの体も心も自由にして、満足させてやるから。今までのおまえが知らなかったことを、みんな俺が教えてやる」

「何を言っているんだ」

まったく初対面の相手が、そこまで直弥に対して思い入れるなんておかしい。どうして熱っぽく、そんなかき口説くような言葉を重ねているのだろう。

直弥は、不審も露な眼差しを斉木に向けた。

ところが斉木は、思いがけないことを言い出した。

「俺の片腕として、トレーディングの仕事をしないか？　今よりものびのびと、おまえの腕も活かせるぞ」

「……！」

直弥は、斉木を凝視する。

意表を突かれた。しかし、それでこんなに熱心に、直弥につきまとうのか……と納得もする。

やはり、瀬木野とは違う。この男は、欲得ずくで直弥に近づいてきたのだ。

「ヘッドハンティングか？　最悪の方法だな」

まったく、冗談じゃない。どこの世界で、ゲイバーで声をかけてくるハンターがいるのか。

（だが、そう考えると、俺の名前を知っていたのも納得できる……）

こんなことが、当たりだとは思いたくない。しかし、符号がぴたっと一致して、直弥は眉間に皺《しわ》を寄せた。

斉木の言っていることが本当だとしたら、彼の背後にはろくな組織がいないに違いない。手段があまりに普通ではなかった。どのみち、関わっていいことはないだろう。

直弥は、業界ではそれなりに名が知れている。実際に、ヘッドハンティングの話が来たことは、何度かある。

だが、今の職場に不満はないから、転職なんて考えたこともなかった。

勤め先では直弥個人の裁量権が大きいので、株取引に喜びを見出すタイプの職業ディーラーとして、これ以上恵まれた職場はない。大手からの誘いもあったが、会社規模が大きくなればなるほど、個人ではなくチームの仕事になってしまい、それは直弥の好むところではない。

会社を辞めて個人でトレーダーになれば、直弥にとっては一番幸福な状態になるのかもしれない。だが、個人で動かせる額はたかが知れているし、会社で億単位の取引をする楽しさを知ってしまったから、それを手放せなかった。

そんな直弥は、周りからは仕事中毒、天性のディーラーだと言われている。

最近では、瀬木野への気持ちを吹っ切るために、以前以上に仕事に打ちこんでいた。今の職業は天職だと思っているし、何に関しても興味が薄い直弥にとって、唯一絶対的に夢中になれるものでもあった。

「最悪の方法、か」

おもしろがっているような口調で、斉木は言う。

「俺は、まどろっこしいのが嫌いなんだよ。だから、メリットを最初から提示してやっているんだけどな」

「どこが」

「トレードが自由にできる上に、おまえの体を満足させてやれるってことさ。こうやって……」

斉木の指が、直弥の下半身を捕らえている。性器の熱を煽《あお》り、快感をため込ませていくような巧みな指の動きに引きずられそうになる。

「く……っ」

ぎりぎりと、口唇を噛む。

(最悪だ……。こんな男に)

性器が硬くなっている。下着は淫らに濡れはじめていた。

この男には、弱みを握られている。

だが、屈するのはごめんだった。

「断る。絶対に……！」

こんな身勝手なことをされて、誰が言うことを聞いてやるものか。

理性的だと言われている直弥だが、仕事上の仕掛けが成功すると、エクスタシーに近い快感を覚えることがあった。それを欲してトレードにのめりこむ。つまり、理性的なようでいて、感情的な部分も強いのだ。感情が高ぶっていくと、その感情的側面の方が表に出る。

だから、自分に不利な状況だということはよくわかっていたのに、つい高圧的な態度に出てしまった。

斉木は、にやりと笑う。

「そうはいかない。おまえに、拒否権はない」

「縛りつけて、トレードさせるか？　そんなことじゃ、ろくな成果は出ないだろうな」

不遜な斉木の態度には、ますます反発心が募《つの》っていく。噛みつかんばかりの表情で斉木を見据えたが、彼は相当ツラの皮が厚いらしく、飄々《ひょうひょう》とした表情だ。

「……ま、そうだろうな。だからこちらとしては、おまえの体にメリットをわかってもらうしかないかなって思っている。その気になってもらうために、情に訴えるってことで」

「その気になんて、絶対にならない。だいたい、こんなのは情に訴えるとは言わない」

「させてやる」

斉木の双眸《そうぼう》に、獰猛《どうもう》な光りが宿った。

「おまえに、四の五の言えなくなるくらいの快感っていうものを教えてやるよ。俺から、離れられなくなるような……」

直弥は、斉木の言葉を黙殺した。

言ってろ馬鹿、と心の中では呟く。

ところが斉木は、どこまでも自信たっぷりだった。見ていて反発したくなるが、目を離せなくなる表情だ。不遜な笑顔が彼にはよく似合う。

「……高慢な表情も、そそるじゃないか。そのツラ、好くて好くて仕方がないってイキ顔に、変えてやるよ」

身を翻《ひるがえ》したときには、もう遅かった。斉木は体格が大きいくせに素早く直弥を捕まえて、その伸びやかな四肢で拘束した。

「……っ、う、ぐぅ……」

噛みつくようにキスされて、直弥は喉を鳴らす。

彼の口づけは暴力的ですらあるのに、体に入り込まれ、暴き立てられる快感に、頭がくらくらしてしまう。

なんて強引な男だろう。身勝手な男だろう。最低な男だろう。……それなのに、どうしてキスだけ魅惑的なのか。

薄い口唇の皮膚に牙を立てられると、どれだけ感じまいとしていても無駄だった。頭が芯までしびれ、どうにかなりそうだ。

「……っ、ふ……」

息が苦しい。口を封じられているという物理的な要因のせいではなく、下半身を握られ、強引に擦り立てられることで、熱が全身をぐるぐる回りはじめて、快楽の火種が体内で発火しようとしているからだ。

下から、何かが込み上げてくるような、この独特の感覚。

（なんで、こんな……っ）

快楽が暴走するなんてことは、初めてだった。

自分の体が、自分のコントロール下から離れていこうとしている。

セックスの経験は、ほどほどにあった。しかし、今感じている快楽は、これまでに味わったことのない種類のものだ。

今までの経験のどれよりも、激しく、乱暴で、そして感じてしまう。

下半身の高ぶりが、何よりもの証《あかし》だった。自分の感情すらも吹き飛ばす、すさまじい快楽を体内から引きずり出される。

「い……う、く……っ」

力任せに握られているようで、斉木は上手く力加減を調節しているのだろうか。手淫に嫌悪を感じることすら許されない。

はち切れそうになっていて、今にも弾けかけている性器は、窮屈な上に押さえ込まれているのだから、本当なら快楽を感じるはずなかった。

それなのに、実際はどうだ？　びくびく震え、射精感が抑えられない。

ジッパーで裏筋をつぶすように擦られると、特によかった。そのたびに、濃い先走りが溢れ出すのがわかる。

「……う……うぅ……く、う……」

口腔まで、熱くなっていた。そのせいか、舌の動きを強く意識する。感じる。今にもイきそうだ。

性器への直接的な刺激だけではなく、舌の動きも熱をかき立てた。喉を塞《ふさ》がれるようなキスは、セックスに似ていた。体の奥深くまで入り込まれる。穴をオカされている。

勃起した性器の先端からは、ひっきりなしに先走りが溢れている。下着では吸い込みきれず、太股なども濡らしはじめていた。まるで、粗相《そそう》でもしたかのようだった。

絶頂の近さを感じて、絶望する。

(イきたくなんかないのに!)

他人の手で、いいように扱われるのが悔しい。

直弥のまなじりには、じわりと涙が浮かびはじめた。

しかし、斉木は陵辱《りょうじょく》の手を止めない。それどころか、彼が目を細めたのがわかった。直弥が苦しがり、感情も露になるのを喜ぶように。

（くそ……っ）

悔しさが込み上げてくる。

ずれてはいるものの、まだ眼鏡をかけたままだから、斉木の表情の動きがよくわかる。それが、直弥の矜持を取り戻せた。この男に、屈したくない。意地を張り、睨みつけ、斉木を心では拒絶する。

だが、体は堕《お》ちていってしまう。

（立っていられない）

ずるずると、ドアに背をつけたまま、直弥はその場に崩れかける。下半身から力が抜けたせいだ。折れ曲がってしまった膝が、がくがく震えた。

「……くふ、う……うう……っ」

（イく！）

耐えかねて、直弥は目をつぶる。

その瞬間をまるで知っていたかのように、斉木は押さえつけるように愛撫していた指先から力を抜いた。

性器は弾け、たっぷりと精液が噴き出す。

「……く……はぁ…」

口を閉じることもできず、半開きにしたまま、とうとう直弥はその場に尻餅をついてしまった。

股間が濡れている。

下着の中で、射精したのだ。

呆然《ぼうぜん》と、目を見開く。

粗相した屈辱が、より直弥を追い詰めた。

「……そういうツラすると、可愛く見えるぜ」

斉木は恭《うやうや》しい仕草で、直弥の眼鏡を外した。

「やめろ……！」

直弥は、斉木を払いのけようとする。しかし、振り上げた手を摑まれてしまい、強く拘束された。

「く……っ」

振りほどこうとした直弥を、斉木は許さなかった。手早くネクタイを外し、直弥の手首を縛り上げる。慣れた手つきだった。

ますます、身動きが取れなくなる。

彼は、人に暴力をふるうことに慣れているのだろうか？　手首の縛り方ひとつとっても、ためらいがない。上手い。

（こいつ、何者だ……？）

ぞっとした。

こういうタイプの人間に、直弥は今まで会ったことがない。

自分は、とんでもないミスを犯してしまったのではないか。

いくら身元を知られてしまったとはいえ、この男についてくるべきではなかった！

表情を強張らせた直弥の顔を、じっくりと斉木は見つめた。

眼鏡は奪われてしまったけれども、表情のよく見える位置まで、斉木は顔を近づけてきた。

「勿論、まだ終わらないのはわかるよな」

「やめろ……っ！」

絨毯《じゅうたん》の上に転がされ、直弥は悲鳴を上げる。

うつぶせで、尻だけ上げた恥ずかしい体勢。毛足の長い絨毯に、頬を押しつけられたような格好だ。悔しさのあまり、涙で絨毯を濡らしてしまう。

「やめろ、ふざけるな！」

発情期の犬のような体勢が、何を意図するかくらいわかっていた。

直弥は、うわずった声を漏《も》らした。

絶対に、これ以上の行為は阻止しなくては……！

しかし、身動きすらままならない直弥には、抵抗する術などないも同然だった。そのま、斉木の手によって、下半身がむき出しにされる。

「……たっぷり出したな。糸引いてるみたいだぜ」

「う……っ」

精液で濡れた下着を下ろされる。

性器と布地の間では、斉木の指摘通り精液が糸を引いている。空気に触れた股間に薄ら寒いものを感じた。

おまけに、斉木はそこに触れ、ぬるぬるしていることを確かめるように指を這わせた。

屈辱のあまり、目の前が真っ暗になった。

斉木の眼差しを、あさましく汚れた下半身に感じた。見られるべきではないものを見られてしまい、耐え難いほどの羞恥心を抱く。そして、その刺激が熱に変わったことに気がついて、直弥は絶望的な気持ちになった。

「嚙まれたり、硬いので強引に擦られると、すぐにおっ勃《た》てる上に、見られて、恥ずかしい言葉で煽られても感じるのか？」

「違う……！」

間髪容《い》れず、反論する。

心当たりがあるからこそ、後ろめたかった。声は掠れていたかもしれない。

しかし、斉木はごまかされない。

さらに、直弥に追い討ちをかけてきた。

「ここを濡らしといて、格好つけるなよ」

いまだ体液を滴《したた》らせている性器を、軽く斉木は揉《も》んだ。柔らかくなっているはずのものから、残滓《ざんし》はぴゅっと飛び散る。

「まだ溜まってるんじゃないのか」

乳搾《ちちしぼ》りでもするかのように陰嚢《いんのう》まで揉まれ、直弥は逆上した。

「やめろ…っ！」

これ以上、性器を玩具にされたくなかった。惨《みじ》めすぎる。

直弥は抵抗しようとするが、無駄だった。逃れようとしても、難なく押さえられてしまう。

「ったく、まだ暴れるのか」

斉木は直弥の性器の根本を、自分のネクタイで縛り上げた。幾重にも巻き、厳重に。萎《な》えたそれに、さらに恥辱を与える。

「なに……を…」

性器への圧迫に、直弥は体を竦ませる。急所をこんな形で弄られるなんて、生まれて初めての経験だった。

「怯《おび》えるなよ。好くしてやろうってんだから」

にやりと笑った斉木は、もはや性器に興味を失ったようだ。彼は、直弥の尻をわし掴みにし、左右に広げる。

「ひ……っ」

直弥は喉を鳴らした。

(冗談じゃないぞ……!?)

斉木は、直弥を辱《はずかし》めるだけではなく、女として扱おうとしている。危機を感じ、直弥は戦慄《せんりつ》した。

「嫌だ、離せよ……!」

「断る」

一刀両断した斉木は、強引に直弥の穴を広げようとした。

「やめろ……っ!」

指をねじ込まれ、さすがに直弥は暴れた。みっともなく這いずってでも、斉木から逃げようとする。

だが、そんな醜態をさらしてまで抵抗しているというのに、直弥は無力だった。腰を押さえこまれ、斉木に力ずくで尻を持ち上げられる。

直弥の窄《すぼ》まりを、斉木は指で暴く。

「ひ、や……やめろ、いやだ、いた……っ」

柔らかい粘膜に、爪が食い込んだ。鋭い痛みが、直弥の全身を襲う。粘膜が破られそうで、迂闊《うかつ》に反抗することもできなかった。

裂かれるような痛みの後には、しびれるような快感に全身が包まれた。

「いや……だ…っ、やめろ……や、め…」

肉筒に爪を立てられ、流血させられたら、直弥はどうなってしまうのだろうか。怖気《おぞけ》をふるっていると、いきなり斉木は指を引き抜いた。

「……ああ、ここ弄るには、爪が長いな」

独り言のように呟いた斉木は、がちがちに怯え、震える直弥の後孔に、指よりも太く、熱く、弾力ある硬さを持つものを押しつけてきた。

性器だ。

「時間はかかるが、こっちでほぐしてやるよ。……ゆっくりな」

こんな時なのに、斉木の声は甘かった。そして、官能の香りが滴るようだった。

「……！」

そんな太いものが入るわけがない。それこそ流血沙汰になりそうだ。

声にならない悲鳴を上げ、全身を強張らせた直弥だが、斉木の反応は想定外だった。

強引に犯されるのかと思っていたのに、彼は直弥の後孔に性器を押し当てたまま、腰を回すだけだった。

中に入ろうとせずに、後孔の入り口を刺激している。

「う……っ」

全身が総毛立つ。

貫かれたわけではないから、痛みはない。しかし、今まで感じたこともない穴の疼きに、直弥は狼狽させられた。

弾力がある亀頭で、後孔をマッサージされる。こんな経験は初めてだった。

勿論、気持ちいいはずがない。気持ちいいなんて、絶対に思ってたまるか。直弥は何度も気持ち悪いと言い、斉木を罵った。

けれども、体の反応は違う。

後孔が、緩みはじめたのだ。

(どうして!?)

直弥は青ざめた。

性器で揉みほぐされるなんて、こんな気持ち悪いことはないのに、どうしてそこが開こうとしているんだろう。窄まっていてくれればいい。斉木に対してなんか、開いて欲しくなかった。

気持ちを、体が裏切っている。

自分が理性的だと思っていたからこそ、直弥にとっては衝撃的だった。

直弥は、そこまで男に飢《う》えていたのか?

(違う。そんなはずない。今までだって、俺は男になびかなかった。瀬木野には特別な感情を持ってしまったけれども、でも……っ)

言葉にはならない。

直弥は子供のように、頭を横に振りはじめる。

今自分が感じている快楽全てを、否定したかった。

でも、ネクタイで縛《いまし》められた性器は再び硬くなり、直弥を絶望させた。触れられもしないのに、勃起している。後孔に他人の性器を押し当てられ、亀頭で揉みほぐされて、感じているのだ。

「……ひ、あ……あ、く……う…っ」

斉木を拒もうとして下腹に力を入れるが、あまり役に立たなかった。ひくひくと穴の縁が痙攣《けいれん》して、斉木の亀頭がはめられてしまう。

「おまえがあまりにも美味《うま》そうだから、俺のが待ちくたびれて、涎垂《よだれ》れ流しっぱなしなんだぜ」

卑猥《ひわい》に腰を動かしながら、斉木は言う。

「ま、ほぐれて、中に流れ込んだら、潤滑剤代わりになっていいけどな」

その言葉に、直弥は戦慄する。

このままだと、斉木の先走りが直弥の中に入ってくるのだ。

そして、いずれ斉木の性器が……。

「や、やめ……っ」

恐ろしかった。

生まれてから今まで、他人に犯されるということを考えたことがない直弥にとって、十分に恐怖の対象になりえる行為だった。

「やめろ、もうやめてくれ！」

言葉で制して聞く相手ならば、きっとこんなことになっていない。斉木は勿論、直弥の言葉は無視して、根気強く性器を使ったマッサージを続けた。

「……う、うぅ……っ、や、いや……だ、やめ……！」

拒絶の言葉はむなしい。

絨毯に立てられた膝はどんどん開いていき、とうとう後孔がぱっくりと口を開いた。

そして、斉木の太い性器を飲み込みはじめる。

「う……うわ……あ………っ、いやだ、入れるな――っ！」

性器が入ってくる。

恐怖のあまり、直弥は顔色を変えた。

斉木のものは、後孔に当ててこねくり回している間に、すっかり勃起していたようだ。

最初に感じていたよりも、さらに嵩《かさ》を増している。

少し中に入られただけで、粘膜が焼け付くようだった。

「……ひ……っ」

直弥は、背をしならせた。

初めて与えられた性器は、直弥の体内に異物感を与える。閉め出してしまいたいのに、しっかり食いこんで、圧倒的な存在感を誇示してくる。

「美味そうに飲みこむじゃないか。……ゆっくり喰えよ」

まるで性器の存在を知らしめようとしているかのように、斉木はじっくりと腰を進めてくる。

粘膜を勃起したもので擦られると、肉筒がびくびく反応してしまう。己のそこが、こんなふうに蠕動《ぜんどう》するなんてことは、知りたくもなかった。

「やめろ、入れるな、入れるな、気持ち悪いっ」

声を抑えることもできず、直弥は悲鳴を上げる。否定の言葉で、快楽をなかったことにするかのように。

「そうか？　じゃあ、なんでおまえのペニス、こんなカチカチになってんだ？」

「う……っ」

直弥はくぐもった声を漏らした。

斉木に、性器を握られたのだ。忌まわしい反応をしている、その場所を。

「や、め……」

太股の筋まで、力が入っていた。全身で拒んでいるはずだった。でも実際は、後孔はだらしなく開き、性器を食らっているのだ。

そして、己の性器は歓んでいる。勃起して、先走りを垂れ流し、熱は出口を求めて渦巻いている。

屈辱だった。

「どうして、こんな……ことを…っ」

「ゲイバーで会っておいて、どうしても何もないな。……周りを挑発するように、出入りしていたくせに。今まで無事だったのが、奇跡だぞ」

「ひ……っ」

激しく後孔を突かれ、直弥はのけぞった。

とうとう、斉木の性器の一番太い部分を、咥えてしまったのだ
「いや……だ…っ」

頭を振った拍子に、汗が流れた。

ぱかっと穴が開いたというよりは、隙間からこじ開けられたような感覚だった。目一杯広げられている緊迫感と共に、軽い痛みがある。でも、爪で粘膜を傷つけられそうになった時とは違い、恐怖はない。

それよりも、愉悦を感じる。

「……嫌だ、それ以上入れるな、嫌だ……！」

穴が性感帯に成り下がったことに気づかされ、直弥はより抵抗をする。

だが、結合した部分は、容易に解けない。それどころか、肉楔により、さらに深く交わっていってしまう。

「ひ……ぐ、う……あ、……！」

斉木の性器はあまりにも大きくて、直弥の肉筒は狭すぎた。どこまで浸食されているのか、リアルにわかる。恐ろしくてたまらなかった。

「やめ……ろ、やめてくれ。嫌だ、やめろ……ぉ……！」

性器を受け入れさせられたことで、直弥はパニックを起こしていた。

痛みもあるが、それよりも快感が強い。何よりも、それに耐えられない。

こんなの違うと、心の中で、あらん限りの言い訳をし、否定する。自分の肉体も、何もかも。

けれども、斉木は現実逃避を許さない。

「根本まで咥《くわ》えたぜ。男を知らない尻のくせに、欲張りだ」

「ひっ」

性器で貫かれた状態で、尻の上部をはたかれる。

平手打ちのようで、いい音が響いた。

思わず、下腹部に力が入る。その瞬間、中の性器を食い絞《し》めるように、粘膜が蠢《うごめ》いた。

ずんと、快楽が下腹を突き上げる。

「これで、絞め方を覚えろよ」

再び直弥の尻を打ちながら、斉木は言う。

「おまえにとっても、いいレッスンになるだろ？ すげぇ感じてるぜ。尿道開きっぱなしで、漏らしてるみたいだ」

「や……っ」

性器をまさぐられ、亀頭を指で虐《いじ》められる。

斉木の言う通り、尿道からはたらたらと先走りが流れ落ちていた。

そこはしきりにひくついているが、窄まったと思ったら、次の瞬間に大開放されて、恥ずかしい涎が流れてしまうのだ。

あまりの恥ずかしさに、体がますます火照《ほて》りはじめる。

「もう……嫌、だ……」

喘《あえ》ぐように呟いた直弥を、決して斉木は許さない。性器から手を離すと、また容赦なく尻をぶつ。

「……ぐ…っ」

噛みしめた拍子に、絨毯の繊維が口の中に入る。

まずい。でも、吐き出す気力もなかった。

ぶたれる尻の痛み、そしてしびれと共に溢れる快感をこらえるだけで、直弥には精一杯だった。

「おまえ、絞めるの上手いな。その調子で、呼吸覚えろ。おまえの穴で、俺を歓ばせてくれよ」

「ふざけるな……！」

犯され、辱しめられているのに感じているという現実に直面し、プライドは粉々だった。

しかし、ありったけの気力を集めて、直弥はなおも斉木を拒絶し続ける。

「ふざけていない」

「あうっ」

「おまえの穴はそのうち、俺のペニスを歓ばせることに、快感を感じるようになるだろうな。……そうなるまで、奉仕してやるよ。俺のも、なかなかのものだろ？　もっとたっぷり味わえよ」

容赦なく、斉木は尻を叩き続ける。

「ひ、あ……ぐ、う……っ」

連続して叩かれるのも、大きく拍子を取るように叩かれるのも、どちらも下腹に響いた。

そして、斉木の性器を絞めて、その存在を粘膜で味わう。

斉木自身は、性器を動かさない。直弥に食わせているだけだった。

けれども、直弥が絞めるたびに、斉木の性器はどんどん大きくなっていく。

「……う……」

最悪なことに、性器を咥えた粘膜が疼き出した。

尻への刺激で、猛る雄を絞めるだけじゃ足りない。単調すぎる。

もっと激しい快楽を、そこは求めていた。性器を咥えたまま尻をぶたれて、欲望が芽生えたのだ。

(嫌だ、こんなの……、冗談じゃない！　違う、違う、違う……っ)

あまりにも浅ましい己の反応に、直弥は狂ったように自己否定する。

自ら欲望が湧き出したことを、直弥は絶対に認めたくなかった。

しかし、声を上げないようにこらえていても、体が勝手に動いてしまう。少しでも、斉木の性器に動いて欲しくて、腰が揺れてしまうのだった。

「……なんだよ、とうとう尻を振り出したじゃないか」

斉木の視線は、じっくりと直弥の痴態《ちたい》を観察していた。その眼差しに、耐えられないほどの羞恥を感じた。

「ち、ちが……違うっ、こんなのは違う……！」

「違わない。おまえは尻をぶたれて、我慢できなくなったんだ。痛くて、気持ちよくて、もっと好くなりたくて、俺のペニスしゃぶりたいんだろう」

「違う……！」

悲鳴じみた声で否定しても、笑われるだけだった。

「じゃあ、なんで尻振って、穴窄めてるんだよ」

「……！」

とどめとばかりに大きく叩かれた瞬間、先走りがどっと溢れた。縛められていなければ、射精していただろう。尻をぶたれて、それほど感じたのだ。

あまりの惨めさに、涙が流れる。

「ちが……う…」

あくまで快感を否定している直弥を、斉木は笑う。あざ笑うというより、もう少し柔らかな雰囲気で。

「……ったく、強情だ」

「……や、なに……を……!?」

腰を強く摑まれた直弥は、狼狽する。

しかし斉木は気にせず、そのままの体勢から、直弥を仰向けにさせた。肉楔を後孔にはめ込んだまま、粘膜をねじ切るように、直弥の体だけ回転させたのだ。

「ひ……っ、あ……嫌だ……！」

性器が、弾けるように震えた。

今までとは異なる刺激に、粘膜が歓喜した。さらに斉木を味わおうと食い絞めるが、斉木の力業《ちからわざ》で邪魔される。彼は直弥の左右の足首を掴み、大股を開かせた。股間が丸見えになるように。

「いい格好だ」

斉木はほくそ笑む。

「おまえも、よく見ろよ」

先ほど奪われた眼鏡が、また与えられる。あまりにも残酷な恥辱が直弥に与えられた。

「やめ……ろ…」

羞恥のあまり、直弥は目を瞑った。

そうしないと、恥辱を受けている下半身が、自分からも丸見えになってしまう。そして、歓喜している性器の反応を、まざまざと見せつけられる。

（見たくない……！）

性器が勃起し、先端からはだらだらと体液を垂れ流していた。一度射精しているせいか、先走りにも白濁が混ざっている。まるで、粗相したのではないかと錯覚するほど、体液の量は多かった。

「……すごい格好だな」

じっくりと直弥の下半身を眺めながら、斉木は笑った。

「今度は、ペニスを違うところに当ててやる。おまえのイイところは、みんな探してやろう」

前転の途中で失敗したような格好に直弥をさせたまま、斉木は腰を動かしはじめる。斉木の肉楔による罪深い悦楽が、とうとう与えられたのだ。

「…嫌、だ……やめろ、ひ……ひぃ………！」

肉と肉がぶつかり合い、甲高い音が聞こえた。

狭い肉筒の奥深くまで性器を貫かれるのも、抜けるぎりぎりまで引き抜かれるのも、両方とも快感にすり替わる。

斉木の性器は大きかった。直弥では、とても咥えきれるはずもないほどに。しかし、その太く逞しい凶器に強引に穴を広げられる快感が、直弥を堕としていく。

縛められたままの性器は限界を訴え、根本は痛んでいるのにもかかわらず、痛みは直弥にとって、悦楽以外の何ものでもなくなっていた。

(痛いのに……感じて……?)

斉木の言う通り、自分は痛みすら快楽に変えるのだろうか。そんなの異常だ。異常だけれども……それが、自分なのか?

(俺はおかしい)

性器で尻を犯され、勃起している。こんなことで歓ぶこと自体、そもそも異常なのだ。思い知らされた衝撃で、直弥の目の前は暗くなる。

だが、体は歓び続ける。直弥自身の絶望にも、おかまいなしで。

「……っ、ひ……あ、あぁ……あ……」

もはや、言葉も出てこない。

直弥の中で、何かが壊れた。

性器に犯され、快感を得るだけの存在に成り下がる。

何も考えられない。どうしてこんなことになったのか、相手は何者であるのか……そんなことはどうでもよくて、純粋な快楽を貪り続ける。

「……う、あ……く、ぅ……」

性器の頭が、下腹にくっつくような勢いで撥ね上がった。射精を許されないせいで、中では灼熱《しゃくねつ》がもだえ狂っている。断末魔のように痙攣する肉棒は、直弥自身の肌を打ち続けた。

それでも射精できない。だが、目の前が真っ白になったかと思うと、まるで精液を噴いたときのような激しい悦楽が、直弥の全身を貫いた。

そして、一瞬で終わる射精と違い、長く絶頂が続いていく。

「……あ……あぁ……」

放心したように、直弥は言葉にならない喘ぎを漏らし続ける。

なんでこんなにイイのだろう。

イけなくて苦しいのに、快楽で頭が一杯だった。

斉木の存在すら、自分のための性玩具になっていく。彼の肉楔は、直弥の肉筒を歓ばせるためだけに存在しているかのように、感じられた。

「……イったんだな。どうだ、出さずにイくのは気持ちいいだろう?」

腰を動かしながら、斉木は囁く。

「だが、まだまだこれからだ」

低く掠れた声で、彼は囁いた。

「俺なしでは、夜も昼も過ごせないようにしてやるよ」

恐ろしいはずの言葉なのに、睦言《むつごと》のように甘く響いた。

3

自分がこの部屋に連れてこられて、いったいどれだけの時間が流れたのか。直弥にはもう、それを考えることができなかった。

意識はもうろうとしていた。眼鏡は外れていないはずなのに、視界がはっきりしない。快楽に対してだけ、感覚は鋭敏だった。

「……く、ふぅ……ん、も……あ……ひぃ……」

「随分、腰を振るのが上手くなったな。どうだ、俺は美味いか？」

直弥の肉筒を激しくえぐりながら、斉木が問いかけてくる。

彼自身、直弥の中で何度も達した。顔にかけもした。しかし、いまだ漲《みなぎ》っているものは逞しく、直弥を快楽で狂わせる。

斉木は、直弥を簡単には解放しなかったのだ。

理性が壊れ、よがり悶える直弥の体に、徹底的に悦楽を叩き込み続けている。

「……あ……ひ……ぃ……ん………」

喉をのけぞらせるようにしながら、直弥は喘いだ。

体が熱い。熱くて、たまらない。

早く楽になりたいのに、性器にはリングがつけられていた。だから、射精できない。

最初はネクタイで縛られていただけだったが、とうとう専用の道具で縛められてしまったのだ。

たとえ斉木を穴でイかせても、直弥に解放はなかった。それどころか、射精も許されないまま、激しい陵辱を与えられ続けている。

直弥にできることは、快楽に啼《な》くことだけだ。


手首をロープで縛られ、カーテンレールに吊るされて、直弥は中腰に固定されていた。

肩幅以上に開かれた股間の間には、ディルドーが上向きで置かれている。それもまた固定されていて、直弥が腰を下ろせば、後孔を貫くようになっていた。

「……ふ……っ」

ロープには余裕があって、絨毯に尻をつくことはできる。だが、玩具をよけることができないため、後孔を自ら辱めたくなければ、腰を下ろせない。

とはいえ、随分長い間放置されているので、ずっとそのままの姿勢でいることも辛かった。

斉木は、部屋を出ていったきりだ。

「しばらくしたら戻るから」と言い残していたが、終わらない絶頂によがり狂っている直弥にとっては、彼の言葉は責め苦でしかなかった。

いったい、いつになったら、この淫獄は終わるのだろう……。

「……は…ぁ、う……ふぅ……」

ぎりぎりまで耐えては、ディルドーにまたがるように直弥は腰を下ろす。そして、脳髄まで貫くしびれと悦楽に身を任せかけて、はっと我に返る。己の浅ましさに戦《おのの》いて玩具から逃れようとするが、その動きも新たな悦楽を直弥に与えるだけだった。

それを、どれほどの間繰り返したことか。

恥辱を与えられているのは、下半身だけではなかった。

シャツを引き裂かれた上半身からは、乳首が露になっていた。

なぜか右の乳首にだけ、ローターがつけられている。

斉木がこの部屋を出ていく前に、そこだけたっぷり弄くり回し、とどめにローターをつけていったのだ。「左の乳首は手つかずにしておいてやるよ」と笑いながら。

「……う、は………ぅ、あ……ああ……っ！」

のけぞるように喘ぎながら、再び直弥は玩具を後孔に咥えた。

すでに、貫かれる瞬間の痛みは感じない。しかし、太いそれを咥えると、肉筒の粘膜の皺は伸ばされるようで、その張り詰めた感じが直弥を歓ばせた。

「……く……ぅ………っ」

性器が痛い。射精したい。でも、快楽を得るたびに込み上げる射精感をこらえること自体が、さらなる快楽を直弥にもたらした。

もっと長く、この恥ずかしい遊戯に耽っていたくなる。

「……っ…う……や……め、嫌だ、こんなのいやだ……、あ……ぁ、い……いい、あ、ああっ」

譫言《うわごと》を口走るが、直弥自身も何を言っているかはわからなかった。

玩具によって与えられる快楽だけが全てだ。

尻を絨毯につけると、ディルドーを咥えて敏感になっている後孔の縁を絨毯がくすぐる。

その些細な感覚もよくて、思わず腰を横に揺らしてしまう。
もどかしいのが好い。
苦しいくらいは、もっと好い。
自分はゲイなんかじゃない、快楽に対して淡泊だなんて嘯《うそぶ》いていたのが嘘のようだ。
直弥は快楽に溺れきっていた。
今の自分を客観視することもできない直弥は、ひたすら快楽を貪る。
玩具に奥まで犯されたら、今度は抜かなくては……。
もはや、条件反射だった。
膝の力で懸命に立ち上がり、ディルドーを抜こうとする。
今の直弥には、快楽を貪るという本能だけしかない。
「……あうっ、ひ……ぃ……」
抜くのもいい。
だが、やはり貫かれる好さに勝るものはない。
今足から力を抜けば、それはたやすく得られる。
腰を落とそうとしたその時、いきなり部屋のドアが開いた。
「……っ」

直弥はディルドーの先端を後孔に含んだままの恥ずかしい状態で、闖入者《ちんにゅう》と向き合うハメになった。

外の空気が、自分のところまで流れてきた気がする。

さすがに、直弥は艶夢《えんむ》から醒《さ》めた。

あまりの恥辱に、体に力が入る。玩具を抜こうとしても、痙攣した肉筒がしっかり食い絞めてしまい、どうしようもなくなった。

「なんだ、随分一人遊びが上手くなったじゃないか」

部屋に入ってきた斉木は直弥の痴態を見据え、ほくそ笑んだ。

どこに出かけていたのだろうか。ぱりっとしたスーツを着こなしている。青年実業家のようなナリをしていた。

「俺のことは気にするな。続けろよ」

促されるが、誰がそんなことをできるものか。

口唇を噛みしめた直弥だが、ディルドーを引き抜けばそれを意識しているようだし、とはいえ淫らな穴を自ら辱めたままの姿をさらし続けるのも苦痛だった。身動きできなくなってしまう。

浅ましい後孔を意識すると、内壁がびくびく震えながら、咥えた玩具を絞め付けている。

少しでも身じろぎすると、淫らな息が漏れそうだ。

「俺の見込んだ通り、おまえには屈辱や苦痛が快楽になるみたいだな。随分いい顔をするようになったじゃないか」

ゆっくりと近づいてきた斉木は、体を強張らせた直弥の顎を摘み上げた。

「あ……」

顎を捕らえられ、直弥は身震いする。

玩具には熱がなく、その指先には熱があった。熱に反応し、肌が欲情する。

こんな自分が、許せない。

（……感じている……なんて……）

屈辱に全身は打ち震えているというのに、勃起した性器の先端からは透明の雫がひっきりなしに溢れている。達することは許されず、ぱんぱんに張り詰めた性器はやるせなく痙攣していた。

尿道は開閉しながら、まるで射精を懇願しているようだ。

本当は辛くて仕方がないことのはずだが、こうして堰《せ》き止められた状態で、直弥は下腹から込み上げる熱い戦慄を何度も何度も感じていた。

射精を伴わない、ドライオーガズムのことは知識として知っていた。自分が味わい続けているこれが、その状態だろうか。大きな震えが体に走るたびに、がくんがくんと大きく体が揺れ、のけぞってしまった。

「癖になりそうじゃないか？」

斉木は嘯いた。

「俺の傍にいるなら、ずっと好くしていてやるよ。……おまえが歓ぶやり方で」

「……や……」

頭を横に振るのは、条件反射のようなものだった。斉木の言葉には全て、頷くことはない。

だいたい、こんな恥辱と強要で感じていることなど、認めたくはない。自分はこんな人間ではないはずだ。

官能に溺れていた間はともかく、今は少しだけ理性が戻っていた。直弥は頑《かたく》なに、今の自分を否定をしようと試みた。

斉木に堕とされたことなど、認めたくない。

快楽で理性がぼろぼろにされ、甘い苦痛と恥辱に喘ぐ姿が、己の本性などとは、断じて認めてなるものか！

「まったく、強情だな」

斉木は、軽く肩をすくめる。

「仕方ない、もっと楽しませてやるよ。この遊びがやみつきになっていることを、おまえが素直に認められるようになるまで……」

「ひ……っ！」

右乳首のローターが、いきなり激しく動きはじめた。どうやら、斉木がリモコンのスイッチを入れたらしい。

「いやだ、やめろ、もうやめろ……！」

挟まれ、機械で責められる乳首は、ひりつくようだった。

「……く、は、あ……あう……っ」

腰が砕けて、後孔を玩具が貫く。全てを肉筒の中に飲み込んだのだ。その瞬間、直弥は大きくのけぞった。

「あ……ああ………！」

性器が下腹につくほど反《そ》り返った。

びくびく震えるものから、粘液質の先走りが溢れる。射精のない絶頂が、直弥を貫いたのだ。

「こんなに張ってて苦しそうなのに、イイんだろう？」

「……う……っ」

性器を握りしめられ、直弥は息を詰める。

ドライオーガズムの絶頂に浸ることすら、斉木は許してくれないのだ。

「こっちも、こりこりにしてやがる」

大きな掌《てのひら》が、直弥の股間を下から覆うように触れた。陰嚢を刺激され、直弥は身をよじる。

斉木の言う通り、そこは腫《は》れ上がったようにふくらんでいて、限界なんてとうの昔に超えていた。

それでも、性器にはめられたリングがある限り、決して達することはできないのだ。

嚢《ふくろ》は張りつめ、今にも弾けそうになっている。中にはたっぷりと、直弥の淫らな蜜がため込まれている。

それをわかっていて、斉木はなおも陰嚢を刺激する。

「なんでこんなに張ってるんだ？　ん？」

「……やめ……ろ、やめてくれ……っ」

さすがに限界だ。

直弥は、悲鳴を上げ続ける。

「ひ……っ、あ……いや、あ……あぁ……っ！」

弱い場所は斉木の手の内で、強がっていることもできなくなる。直弥からは再び理性が失せていき、快楽に全身が支配されていく。

射精できないかわりに、肌から汗がどっと噴き出した。

「どうしたい？」

斉木は意地悪く尋ねてくる。

「イきたい……射精……させて……」

理性も消し炭のように消え去った直弥は、素直に欲望を口にする。

いくら焦《じ》らされるのが好いと言っても、こんなふうに刺激されては、耐えられるものではなかった。

「さて、どうするかな」

にやりと、斉木は笑った。

「まだまだ楽しみたいんじゃないのか？」

「もういい……もう、これ以上……は……」

啜り泣くように、直弥は喘いだ。

「もう、やめて……く……れ……」

「仕方ないな。じゃあ、そろそろイカせてやろうか」

その言葉に、直弥は無意識のうちに泣いていた。

これでようやく楽になれると……。

しかし、斉木はさらなる恥辱と服従を、直弥に要求したのだった。


「じゃあ、そのままイけよ」

デジカメ片手に、斉木は嘯く。

「でき……な、い……」

辛い体勢のまま、直弥は答えた。

手首の拘束が外されたとほっとしたのも束の間、斉木は直弥の両膝にロープを括りつけ、今度は肩や肩胛骨《けんこうこつ》の辺りまでが絨毯につくような体勢に固定し直したのだ。

膝は高さが出るように吊り上げられ、ちょうど後転の途中で姿勢を固定させられたような状態だった。

尻は宙ぶらりんに上げられ、びくびく痙攣している性器の位置が顔より高くなり、直弥は淫乱すぎる自分の反応を見上げる体勢にさせられてしまった。

ディルドーはたっぷり焦らされながら後孔から引き抜かれ、かわりに乳首につけられていたローターが、ねじこまれた。いまだ中で、ぶるぶると震え続けていて、肉襞《ひだ》の熱を煽っている。

反り返った性器からは、先走りが溢れている。それが、直弥の顔や眼鏡にぽたぽたと垂れ落ちていた。

吊り上げるために利用されていた手首は、今は絨毯に投げ出すような状態で縛められていた。自由がきかず、秘部を斉木にさらすような体勢にさせられたのだ。

性器の縛めは外してもらえたものの、斉木はそれ以上何もしなかった。そして、デジカメ片手に、直弥に射精を要求する。

自慰すら許してくれないのに、このまま達しろと言うのか？　触りもしないで、白濁の体液を垂れ流せと……。

「こんなの……無理……っ」

直弥は頭を横に振る。

弄ってもらえれば今すぐにでもイける。

せめて、自慰できるようにしてもらえれば。

しかし、熟した果実に、斉木は触れようとしなかった。また、直弥自身が触れることすら許されない。

「まだまだ、楽しみを極めてないってわけだな」

横柄《おうへい》な男は、したり顔で言い放った。まるで、性の手練《てだ》れであるような顔をして。

「頭で想像しただけでイけるようになったら一人前だぜ。知っていたか？　なあ、試しにやってみろよ。うんとエロいこと想像して、イっちまいな」

そんなことが、できるはずない。直弥は必死で、頭を横に振る。

斉木は、直弥に対して譲歩してきた。

「仕方ない。——弄りたいから手を自由にさせてくださいって言ってみろ。そうしたら、手首解いてオナニーさせてやるよ」

直弥は、再び首を横に振った。考えてのことではない。残酷な要求をされていると、本能が反発したのだ。

斉木の前で自慰するなんて、できるはずがなかった。これ以上、痴態をさらせというのか!?

「できな……い…」

しかし、斉木は許さなかった。

「さもないと、そのままだ。チェックアウト後も放置してやろうか。清掃のために入ってきた従業員が、びっくりするだろうな。おまえみたいな美人のいやらしい姿を見たら、男なら喜んでむしゃぶりついてくるかな」

「嫌……だ…」

首を横に振り続けていた直弥だが、斉木は動かない。

追いつめられている直弥に対して、長期戦で挑もうとしている。

(このまま、本当に放置される……のか?)

ぞっとする。

この上大勢の前で痴態をさらすことになったら、いったい直弥はどうなるのだろう。蔑《さげす》みの眼差しを向けられることを考えると、背中には悪寒が走った。

想像するだけで……不快になれたら、まだマシだった。しかし、直弥の体に走った震えは、不快感というわけではなかったのだ。

快楽も、混じっている。

性器はひくひくと、まるで下から上へ突き上げるような、小刻みな動き方をしている。性器を収めるべき穴はないのに、腰が勝手に動くのだ。

達したくても、達することができない。こうやって焦らされることで、その場所はさらに熱を蓄《たくわ》えているようだった。

恥辱を受ける己を想像することで芽生える、汚れた快感。淫靡であれと強制されることが、歓びともなっているのだ。自分はそんなものでも感じてしまう人間なのだと気づかされる。

「……っ」

自分は辱められて歓ぶ、変態だ。異常性欲者だ。しかも、男に暴力的にねじ伏せられ、絶頂へと何度も何度も追い上げられている。

これが、己の本質か?

絶望した。

先走りが催促するように頬に落ちた瞬間、直弥はとうとう堕ちていた。

「……ペニ…ス、いじりたい……から、手をほど……い、て……」

要求どおりの言葉を口に出した瞬間、体に火がついた。自分はとんでもない恥知らずの淫乱だと、理性が失せた頭でも認識する。

恥辱の要求に従わされ、それを屈辱に感じながら、絶頂に近い快楽を得ているのだ。

蜜口がさらに大きく開き、大粒の先走りが直弥自身に降り注ぐ。それと同時に、眦からは涙が溢れた。

先走りは粘液性で、蒸《む》れたような匂いがする。自分のそんな恥ずかしいものが、顔にかかるのは初めてだ。

まさに、自分で自分を辱める行為。それなのに、体が熱くなるのはなぜだ？

「……声が少し小さいし、俺としては、もっと恥ずかしくねだって欲しいんだが、まあいいだろう。一度に、全部のことはできるようにならないからな」

斉木の大きな手が、直弥の髪を撫でる。欲望とはまた違う、体温を感じられる。びっくりするほど、優しい手つきだった。

「よく言えたな」

斉木は、とうとう手首の拘束をほどく。

自分自身に絶望し、快楽により自制心も失っていた直弥は、待ちかねていたように自らの性器を両手で弄り出す。

ロープが体を支えてくれているから、不安定な体勢を取らされてはいるが、心おきなく自慰ができた。

「……ひ、あ……あぁ、いい、イく……っ！」

性器の先端は、自分の顔を向いている。ぴくぴくと、尿道が開閉しているのも見えた。

だが、今は性器のことしか考えられない。擦りたてることで生まれる熱に、直弥は耽溺《たんでき》しはじめた。

「……あ、あう……、は……あ……」

両手で性器を擦り、快楽を貪る。口を閉じることもできず、ひたすら喘ぎを漏らし続けた。

そんな直弥に、斉木はデジカメを向ける。

動画か、それとも画像か？

どちらかはわからないが、直弥の痴態が記録されていく。

理性があれば、こんなことをしていたら身の破滅だと理解できただろう。しかし、それよりも今は無機質なレンズを通して、斉木に貪婪《どんらん》な一人遊びを見られていることの方を直弥は意識した。

他人の前で恥辱をさらすことで、肌はますます熱を帯びていく。

他人に関心などない、欲望なども持たないなどというポーズを壊されれば、直弥の中にあったのは、被虐《ひぎゃく》の歓びに堕ち、雌の悦楽を好む淫猥すぎる本性だった。

「……あ、ああ……っ！　イく、いってしまう、あ……うっ」

勢いよく、精液が噴き出した。

体も、顔も、眼鏡も、白濁が濡らしていく。

「……ひぅ……く、ん……」

精液まみれの直弥の手が性器から離れ、そのまま絨毯に落ちた。

もう、指一本動かせない。

（……イい……）

直弥はそのまま、気を失った。

4

一度転がり落ちれば、壊れるのはあまりにも早かった。

激しいセックスと放置、そして自慰の強制を繰り返されることで、直弥は完全に堕ちていった。

快楽に溺れ、射精への欲求だけで頭がいっぱいになり、とうとう命じられるまま斉木の性器に接吻して、犯してくださいと哀願し、彼に征服されて歓ぶまでになった。

恥辱の言葉を口にしながら射精して、満たされた。

理性が戻ってこなかったことは、直弥にとっては幸いだったのだろうか。快楽に狂うことで、雌の本能にのみ忠実な存在になっていった。

いつまでも続くと思われた官能の時間が斉木の手によって突然終わらせられた時には、直弥は完璧に支配されてしまっていた。

しかし、快楽の渦から逃れれば、後に残されたのは、恥辱と悦楽の記憶が消えないまま、呆然とすることしかできない正気の直弥だ。

異常なほどの興奮が消えると、冷静さが戻る。己の痴態がまざまざと思い出され、直弥は放心した。

（……俺は……狂ってしまったのか……）

本当に狂うことができれば、いっそ楽になれた。しかし、こうして直弥には理性が戻ってきてしまったのだ。

だが、記憶は消えない。

まるで獣だった。

快感が欲しいばかりに男の股間にむしゃぶりついて、美味しいと口走りながら性器を舐《な》めすらした。

犯して欲しい一心で。

自分で自分が、信じられなかった。おぞましい、被虐の欲望が自分の中にはあったのだという現実を、目の前に突きつけられた思いだ。

（……くそ…っ）

悔しい。

憤りのあまり、息が詰まりそうだ。

しかし、それと同時に、斉木によって導かれた激しい法悦《ほうえつ》を体が思い出した途端、後孔が疼いた。

淫猥《いんわい》な穴だ。

ずくりとひきつれた拍子に開いたのか、中から体液が流れ出していくのがわかった。

斉木によって、雌の歓びをたっぷり教えこまれた穴は、いまだ彼の体液で濡れていた。溢れんばかりに注ぎこまれたのだ。

いっそ、消え入ってしまいたい。そんなことまで、直弥は思ってしまう。だが、消えたところで、自分は恥辱で絶頂を迎えたという現実は残るのだ。一番消したいものは、消えない。その冷酷な現実と、直弥は向き合った。

「目を覚ましたか」

声をかけられ、顔を上げる。

直弥が目を覚ました時には姿を消していた斉木だが、どうやら風呂に入っていたらしい。バスタオルを肩にかけ、体は隠しもしていなかった。

堂々たる体軀《たいく》の持ち主だ。

この男が、直弥に羞恥と苦痛の歓びを教えたのだ。

彼の体を見ていられない。抱かれたことを意識すれば、高ぶってしまいそうな自分が恐ろしい。

直弥は、そっと目を反らした。

斉木の方はというと、出会った時と同じ、図々しくも飄々とした態度のままだった。

「風呂に入れてやろう。そろそろ、チェックアウトだしな。この後には、引っ越しが待っている。さっさと動こうぜ」

「引っ越し……?」

直弥は、呆然と呟く。

いったい、なんの話だ?

「忘れたのか?」

斉木は、からかうような笑顔になった。

「おまえは、俺のものになったんじゃないか。俺のペニスを毎日咥えたいから、俺と一緒に暮らさせてくださいって、自分でねだっただろう」

「……っ」

直弥は、全身を紅潮させる。

そんなことはデタラメだと、言ってしまえればどれだけよかったか。

だが、あいにく直弥は覚えていた。

後孔を犯されながら射精したくて、自ら足を開きながら、服従の言葉を口走ってしまったことを。

(死んでしまいたい……)

今までのセルフイメージが、ぼろぼろになっていた。それと同時に、プライドも破壊されていた。

自分は被虐趣味のゲイなのだ。

頑なに、欲望などはないと、ゲイではないのだと否定していたが、斉木の手で欺瞞《ぎまん》を暴かれてしまった。

自分は瀬木野にも、手荒に犯されたいと望んでいたのか?

あの瀬木野に……。

(勘づかれていたら、どうしたらいいんだ)

もう二度と、瀬木野の顔が見られないかもしれない。直弥は、全身から血の気が引いていくのを感じた。

そうでなくても、斉木の性器を咥えて感じてしまった直弥には、もう瀬木野への淡い気持ちを抱く資格はない。

彼への気持ちも、薄汚れたものとしか思えなかった。

「どうした、顔色が悪いな」

諸悪の根源が、不思議そうに尋ねてくる。

「離せ！」

直弥が彼の手を払うと、斉木は軽く肩を竦めた。

「ったく、本当に鼻っ柱が強い奴」

どことなく嬉しそうに、斉木は言う。

「まあいい。とにかく、風呂だ」

いきなり横抱きにされてしまい、直弥は暴れた。

「離せ、この野郎！」

「断る」

直弥も決して小柄ではないのに、斉木は悠々と直弥を運んで歩く。

どうして、こんな真似を？

弄んだ玩具の後片付けは、自分でする主義なのだろうか……。

「ほら、着いたぜ。そっと下りろよ」

バスルームまで直弥を運んだ斉木は、まるで子供にでも言い聞かせるような口調になった。

相手をしたくない直弥は、彼の言葉を無視する。

バスルームには大きな姿見があって、全裸の二人を映していた。

斉木の堂々とした肉体の前では、細身の自分はたいそう貧弱に見えた。

玩具にされてしまった事実と相まって、屈辱感が増していく。直弥は、口唇を嚙みしめた。

しかし斉木は、満足そうに直弥を見つめ、笑った。

「綺麗な体だ」

にやけ面を見ていたくなくて、直弥は顔を背けた。

「右の乳首が腫れて、大きくなっている。いい感じだ。おまえの体は完璧な造りをしているから、かえってアンバランスなところがあるとそそる」

「やめろ……っ」

無遠慮に乳首を摘み上げられ、直弥は声をうわずらせる。

斉木の指摘通り、鏡に映った直弥の乳首は右だけ腫れ上がっていた。斉木は、右の乳首しか弄らなかったのだ。

「このまま俺に抱かれ続ければ、そのうち腫れている時だけじゃなくて、素の大きさが変わるだろうな。色も濃くなる」

「……っ」

想像するだけで、めまいがした。

弄られた乳首が、そこまで変わってしまうものだとは思わなかった。それでは、二度と誰にも体を見せることなんてできなくなる。

直弥の心の声が聞こえたかのように、摘んだ乳首を斉木は歪めた。

「左も同じようなサイズにしたかったら、自分で弄れ。乳首でオナることを覚えればいいさ」

「どうして……」

たとえこの部屋から解放されても、斉木から解放されることはないのだ。それを、絶望的なほど強く思い知らされ、直弥は思わず呻いた。

「どうして、こんな真似をするんだ」

いったい斉木は、なぜ直弥に目をつけたのだろう。そしてなぜ、直弥自身気がつきたくなかった、こんな浅ましい本性を引きずり出したのか。ただセックスしたいだけというには、あまりにも手が込んでいる。

そして、直弥への激しい執着が感じられた。

「人の話を聞いていなかったのか、おまえ」

斉木は軽く右乳首を弾く。

「おまえを、俺のものにしたかった。それ以上の理由はない」

「……」

「会社は辞めろ。そして、俺の許に来るんだ」

「……冗談じゃない」

斉木の許へ行く？　それは、毎日のように淫靡な快楽を与えられるということだろうか？　斉木の性欲をぶつけられる存在、性奴《せいど》として飼うということなのか……？

そんな扱いは、ごめんだ。

いくら直弥の本性が、被虐を望む淫乱だったとしても。

低い声で突っぱねると、斉木はわざとらしいくらい優しい声音になる。

「俺の手元にある記念写真のことを、忘れたのか」

「……！」

直弥は青ざめた。

無言で斉木の腕を払うと、部屋へ駆け戻る。

デジカメを探す。己の、忌わしいほど淫らな姿が写し出されているはずのものを。

(どこだ!?)

斉木に隠されていたらアウトだ。しかし、それは無造作にソファに放り出されていた。

拾い上げた直弥は、物も言わず壁に投げつける。一度では壊れないだろうか。二度、三度……。

繰り返し壁にぶつけていると、斉木に腕を掴まれた。

「ったく、乱暴だな」

「離せ!」

「それを壊したって意味ないぜ。データは俺のマンションに保管済みだしな」

「――!」

声にならない悲鳴を飲みこみ、直弥はデジカメを自由な手に持ち替え、斉木の顔に投げつけた。

しかし、斉木には軽くかわされてしまった。

「頭に血が上っているときに、的アテしようとしたって上手くいくわけないだろうが。……

…だが、その顔はイイな」

斉木は、直弥の細い顎を摑んだ。

「その調子で、おまえの素顔、みんな俺に見せろよ」

「く……っ」

悔しい。

直弥は奥歯を噛みしめる。快楽に溺れてしまった自分が、殺してやりたいくらい憎くなった。

「さあ、風呂の続きだ」

明るく促されるが、直弥にとっては絶対の命令のように響いた。脅迫されているとしか思えなかった。

(俺はこのまま、この男の物になるのか?)

会社を辞めさせられ、引っ越しを強いられ……性奴隷として扱われるのか。

目の前が暗くなる。

快楽に負けた自分に待っているのは、転落か。

天職だと思っている仕事まで、辞めさせられてしまう……。

(全部、失うんだろうか?)

いったい、自分はどうなってしまうのだろうか。

これが、人の心を試すように、ゲイバーに出入りしていた報いだろうか。

自分は他の連中と違うのだと思いたがっていた自分のいやらしさ、卑しさを痛感し、直弥は打ちのめされる。

あれほど、ゲイであることを否定したがっていた自分なのに、本質は斉木に犯されてよがる、被虐嗜好の淫乱だ。

（違う……違うと、思いたかった……）

意固地になっていた自分は、無意識のうちに、自分の本性に気づいていたのかもしれない。

だからこそ、必死で否定したかった。

否定することで、安心したかったのだ。

他人に興味がないと言いつつ、距離を置き続けたのも、なまじ関わることで、自分の異常な性癖を知られることを恐れたゆえもあるのかもしれない。

斉木のような男と関わってしまったのは、その欺瞞の報いだろうか。

隠しきれない腐臭が、この災いを呼び寄せてしまったのか……。

もはや抵抗する気力もなくなった直弥を、斉木はバスルームに連れ込んだ。

「イイ子にしてろよ」

丹念に泡立てられたスポンジで、彼は直弥の体を洗いはじめる。

やがて頭からシャワーの湯を浴びた直弥は、とうとう涙を溢れさせてしまった。

救いは、シャワーを浴びている間だったから、泣いているのを斉木に知られずにすんだことだけだ。

(……もう終わりだ……)

心がすり切れ、何も考えられない。意地も張れない。

斉木は直弥を貶め、無力化することに成功したのだ……。

5

会社への辞表を書くように斉木から命じられても、直弥は抵抗する気力もなかった。デジカメで撮影されたということより何よりも、自分自身の恥知らずな性癖を思い知らされたことが、直弥にドロップアウトの道を選ばせた。

直弥はもともと、自己評価が低い人間ではない。しかし、己の本性を引き出されたことで、何かが壊れた。自分なんて、とても人前に出られるような人間ではないのだと、思わずにはいられなかったのだ。

瀬木野にも何も言えないまま、斉木に従ってマンションも引き払った。

これから、直弥に待っているのは、斉木の性奴としての人生だ。

いっそ、このまま死んだほうがマシなのではないだろうか……。

（社会的には、死んだも同然か）

直弥は自嘲《じちょう》する。

だいたい、斉木という男は得体が知れない。そんな男と暮らそうとするなんて、自分はもう壊れてしまっている。

人一人の人生をこんなふうに滅茶苦茶にすることができるなんて、斉木は何者なのだろうか。


「今日から、ここがおまえの家だ」

身辺整理をすませた直弥は、斉木の手で大きなマンションに連れてこられた。

彼と出会ってから、一週間ほど経っていた。

解放されて以来、まだ直弥は一度も斉木に抱かれていない。しかし、こうしてマンションに連れこまれてしまえば、きっと無事にはすまないだろう。

直弥は、暗澹《あんたん》とした気持ちになる。

狂ってしまった自分の人生。だが、直弥は顔に出して泣いたり怒ったりしなかった。能面のような表情で、斉木に従った。

この降って湧いた不幸はたいしたことがないのだと、こんなことでは自分は変わらないというように、この期に及んで振る舞う。

プライドは、もうズタズタにされている。とはいえ、最後の一片まで失ったわけではない。

直弥は、その一片にすがりつくように、自我を保ち続けた。

どん底まで堕ちるのは、簡単だ。

仕込まれた通り、発情期の雌犬よりも破廉恥《はれんち》な姿で盛ってみせればいい。

だが、そうしない。正気のままの方が辛いのはわかっていたが、直弥はまだ人であることをやめたくなかった。

絶望しきっているが、直弥の心の根底には、妙に健全な部分が残っていたようだ。

自分の本性は被虐趣味の雌犬だと自嘲しつつも、開き直ったような態度には出られない。羞恥心をなくしたわけではなかった。そもそも、羞恥心まで綺麗に失っていたのなら、逆にドロップアウトしたくなったりしなかっただろう。

我ながら、矛盾だらけだ。今までの気位が高く、自分は理性的なのだと思いこんでいた直弥ならば、この自己矛盾に耐えられず、全てに強引な整合性をつけようとしたかもしれない。でも、今はそれをやめた。静かに、己の恥知らずな本性も浅ましさも、そして弱さも見つめようと思った。

それができなければ、直弥は本当にどん底まで堕ちるだけだ。

自分の中に一つだけ残っていた強さは、自分という人間の本性を直視し、なんとか受け入れようとする勇気だった。


斉木は部下が何人もいる身分の男らしい。直弥を迎えに来たのも運転手つきの黒塗りの車だった。

もしかして、斉木はヤクザだろうか。

世の中の道理が通じる相手ではなさそうだ。彼に目をつけられた時点で逃げられなくなっていたのだろうかと、直弥は漠然《ばくぜん》と考えた。

自らマンションの玄関を開けた斉木は、直弥を促した。

「遠慮するなよ、入れ」

誰も遠慮なんてしていない。

心の底から、同居したくないだけだ。

とはいえ、斉木の部下らしい男二人に囲まれた状態で、反抗するのは得策ではないだろう。

直弥は石のように押し黙ったまま、そのマンションに入った。

建物を見た時から、普通のマンションではないだろうと思っていた。大きく、豪勢な建物だった。

さらに斉木の部屋はその最上階、ペントハウスだった。豪邸と言っていい。いったいこの男は何者だ？

ヤクザだとしても、相当上の地位にいることは間違いない。

「斉木さん、お帰りなさい」

「おう、帰った」

斉木を出迎えたのは、少年だった。まだ高校生ぐらいだろう。綺麗な顔立ちで、素直そうな目をしていた。

「実智《みち》、こいつが前に話していた秦部直弥だ。今日からよろしくな」

親しげな口調で、斉木は言う。

「はい、斉木さん。……こんにちは、直弥さん。初めまして。よろしくお願いします。鳴《なる》海実智《み》です」

　少年に丁寧に頭を下げられ、直弥は戸惑った。

　咄嗟《とっさ》に、言葉が出てこない。

　そんな直弥を、斉木はちらっと一瞥した。

「直弥、こいつは鳴海実智っていって、住み込みで俺の身の回りを世話してくれている。後ろの二人の部下は久世《くぜ》に西園寺《さいおんじ》。ちょうど真下の階に住んでいる、俺の腹心だ。これから顔を合わせることも多いだろう。俺の部屋のある階には直通のエレベーターがなくて、下の階で乗り換えすることになるしな」

「……」

　直弥はなおも、警戒するような眼差しを周りに向けることしかできなかった。

　よろしくなどと、言いたくもない。できれば、こんなところはさっさと出ていきたいのだ。

「しばらく、こいつのことは俺に任せろ」

　斉木は心配顔の実智にそう言うと、軽く頭を叩いた。

　直弥は眉を上げる。

　まるで、斉木は実智に対して、よき兄貴のような態度を取る。こんな、とんでもない男なのに。

「はい、斉木さん」

実智は、くすぐったそうに笑った。

その笑顔を忌々しく思ってしまうほど、直弥の心はすさんでいた。

この少年も、同居するのだ。

……まさか、彼も斉木の性奴なのだろうか？

雰囲気としては、そういう艶めかしいものを感じないが……。

(それに、こんな子供に手を出しているなら、斉木は真性の変態だ)

直弥は、苦虫を嚙みつぶしたような表情になってしまう。自分を脅すように連れ込んだことといい、斉木なら何をしていてもおかしくない。

だが、新たに愛人になる直弥に対して、実智は敵意を示す様子もない。愛人というのは勘ぐりすぎだろうか。それとも、ありえないくらい人がいいのか。

「おい、直弥。こっちだ。来い。久世、直弥の荷物は寝室に入れておけ」

先に立って歩き出した斉木に名前を呼ばれ、直弥は実智から斉木へ視線を移した。

支配者面をした男には、嫌悪感しかない。

彼に与えられた快楽のすさまじさと正比例する、彼と己への憎しみが湧いて仕方がなかった。

たとえ一緒に暮らすことになったとしても、斉木と馴れ合うことができる日など来ない。

自分たちが多少でも歩み寄る時があるとすれば、それはセックスの時だけだろう。

快楽に溺れている時だけ……。


「おまえの寝室は俺の部屋だが……。仕事部屋は、ここだ」

マンションの中でも、一番日当たりのいい南向きの一室。そのドアを開け放たれて、直弥は面食らった。

(仕事部屋?)

いったい、何の話だろう。

室内に足を踏み込んでみれば、そこは書斎か事務所のような設備が整っていた。少々変わっているのは、パソコンのモニターが何台も置かれていることだ。

「どうだ?」

どことなく得意げな表情で、斉木が尋ねてくる。質問の意図をはかりかね、直弥は複雑な表情になった。

「どうだ、とは？」

「だから、この部屋だよ。どうだ、気に入ったか？　足りないものがあれば、言えよ」

「……おまえは、俺に何をさせるつもりだ」

問いかけると、斉木は呆れたような表情になる。

「何って、決まってるだろう？　ここは、おまえのトレードルームだ」

「え……」

直弥は、呆然と斉木を見つめた。

そういえば、この男は直弥をヘッドハンティングするようなことを言っていた。その後に施された調教のすさまじさの前に、記憶が飛んでいたが。

しかし、まさか本気だったのか？

斉木は、ぐるっと部屋を見回した。

「おまえは俺のために、ここで働くんだ。天才と言われたトレーディングセンスを、俺のために活かせ」

「トレード……」

直弥は、鸚鵡《おうむ》返しにする。

辞表を出すように言われた時に、まるで片腕をもがれたような気分になっていた。今までの自分にとって大きなものを、奪われたのだと。

だが斉木は、直弥をただの性奴として扱うわけではないのか？

（これからも……トレードが、できるのか？）

斉木は、にやっと笑った。悪戯《いたずら》盛りの少年のような笑顔だった。

「パソコン一つあればできる、錬金術《れんきんじゅつ》。おまえの特技だろう？　資金は、たっぷり用意してやるよ」

「……おまえは何者なんだ、斉木」

直弥は尋ねる。

そして、初めて顔を合わせたような気持ちで、あらためて同居することになった男を見つめた。

「ちゃんとした自己紹介はまだだったか？　そりゃ悪かったな」

斉木は、軽く肩をすくめる。

「俺は斉木創。指定暴力団浜《はま》組の三次組織、斉木興業の社長……つまり、ヤクザの組長ってわけだ」

直弥は目を見開く。

彼が、裏社会の人間だということは見当がついていた。

しかし、まさかヤクザはヤクザでも、組長だとは……！

（この若さで？）

相当な、遣り手ということか。素人《しろうと》をセックスでハメて、堕とすようなことをするなんて、ろくなものじゃないが。

「組長……か」

現実を認識するかのように、直弥は呟いた。

「ああ、そうだ」

ここまで来たら、斉木が自分に何をさせようとしているのかがわかる。

そして、あの激しいセックスによって、強引に直弥の本性を……弱みを暴いた意味も。

人の弱みに突けこんで、脅して、自分の思うように操《あやつ》ろうだなんて、いかにもヤクザの所行だ。

「じゃあ、俺に組の運転資金を運用しろっていうのか」

「最初から、そう言っているだろう」

斉木は、呆れたような表情になる。

（……俺に共生者になれと言うのか）

その単語の意味を、噛みしめる。

性奴隷として扱われるよりマシだが、これで直弥はまともな世界に戻れなくなるだろう。

斉木はそのために、直弥を堕としたのだ。

共生者というのは、ヤクザの資金を運用しているトレーダーたちだ。

辞めた同業者の中には、そうやって黒い金をふくらませている者もいるという噂は、直弥も聞いたことがある。

自分も、そういう者たちの仲間入りをするのか。

確かに直弥は、業界内では少しは名が知れていたと自負している。

斉木は、その話を誰からか聞いて、直弥に近づいてきたのだろうか……。

いくら莫大な資金を動かすことができるとしても、共生者になりたいと思ったことなんて一度もない。

そんなことをしたら、直弥もヤクザの仲間入りだ。

正攻法で誘われても、絶対に断っていた。

斉木も、そんなことはわかっていただろう。だから、あんなとんでもない方法で、直弥をぼろぼろにして、転落させたのだ。

「本当に、最悪なヘッドハンティングだ」

まんまと引っかかった自分自身が腹立たしい。表情を強張らせ、直弥は呻く。

「俺とおまえが組めば、おまえのイイところを、活かしてやれると思ったんだがな」

いけしゃあしゃあと、斉木は笑っている。

「……ふざけるな」

直弥は、ストレートに斉木を罵った。

「本気だ。……何もかも」

「……っ」

斉木は、直弥を抱き寄せた。

「クリーンな仕事じゃない。だが、おまえはこれから俺の傍で、本当にやりたいことだけやっていりゃいいんだ。……と、まあ、前向きに考えろよ」

ウインクなんかして、おどけた表情で斉木は言った。

「そういうのは、前向きじゃなくて、開き直りと言うんだ」

直弥は、顔を背けた。

まったく、一から十までふざけた男だ。

身勝手な男だ……！

(俺を滅茶苦茶にしたあげくに、前向きに考えろよ、か。なんて奴……)

しかし、ここまで開き直られると、怒るというよりも笑いがこみ上げてきた。直弥も、何か腹が決まったのかもしれない。

それに、斉木が直弥を単に性奴にしたいというのなら、彼の支配欲の強い性癖には嫌悪と恐怖を感じるが、直弥を支配するための手段として調教したということであれば、少し気が楽になる気がした。まったく理解できないと思っていた存在が、わずかなりにも理解できる気がするから。

斉木は念入りに、直弥を迎える準備をしていたようだが、事業パートナーとして扱うつもりならば当然だろう。

無茶苦茶な手段で、直弥を堕としたのだ。少しでも、ご機嫌を取ろうという腹ではないのだろうか。

「……おまえ、人生滅茶苦茶にされたと思っているだろ。なんで自分だったんだ、不幸すぎる……と」

直弥の気持ちを見透かすように、斉木は耳元で囁いてきた。

「それ以外の感情を、抱くとでも？　たとえば、感謝だとか」

皮肉げに言えば、彼の野性的な口唇が、耳朶《じだ》に食らいついてきた。

「……そこまで、俺はおめでたくない」

「……っ」

ねっとりと、温かい口腔に耳朶をしゃぶられ、直弥の全身はびくっと震えた。腰に回された手を振りほどくことを忘れてしまうほど、意識が耳朶に集中する。ぴちゃぴちゃという、濡れた音が淫らすぎた。

「……く…っ」

全身が総毛立つ。ぞわりと、産毛まで逆立つようだった。下腹に熱が溜まり出すのを感じ、直弥は奥歯を噛みしめる。

どれだけ斉木に反発しようと、感じる体。恥知らずな、己の本性……。

「や…め……」

拒絶の言葉を絞り出すと、ようやく耳朶が解放される。しかし、斉木の唾液で濡れたそこに、熱い息を吹きかけられ、直弥の腰はひくついてしまった。

「俺なんかに目をつけられ、おまえは不幸だよ」

熱くなりはじめた直弥の肌を掌で撫でながら、斉木は呟いた。

「まさに、天国から地獄ってとこだな。共生者になるなんて、ごめんだよなぁ」

「よくわかっているじゃないか……」

「ああ。だから、いつか地獄なりにおまえが幸せだと思えるようにはしてやりたいと思っている。望みがあれば、なんだって言ってくれ」

真摯《しんし》な声だった。直弥がびっくりするほど。

「おまえが、満足できるようにしてやるよ」

(どうして、そんなことを言う)

熱心に、かき口説かれているような気分になる。

共生者として選んだ直弥のご機嫌取りは、ある意味当然の行為だろう。しかし、それ以上の熱心さがあるように感じられて、直弥は狼狽した。

斉木が自分に向けている感情の強さに、惑わされる。

「……いいから、離せっ」

動揺する気持ちを隠すように、直弥は強い口調で斉木の腕を振りほどこうとした。すると斉木は、今度は意外にあっさりと手をひく。

体を離す瞬間、さりげなく口唇を奪われてしまったが。

「何を考えているんだ」

口唇を拭《ぬぐ》いながら、直弥は斉木を睨みつける。斉木は、小さく笑っていた。

「満足には、もちろんおまえの体の満足も入る。毎晩可愛がってやるからな」

「必要ない」

掠れた声で、直弥は言う。とはいえ、頬を熱くしたこの状態で言うのも、あまり説得力がないのかもしれない。

真新しいトレーディングルームを、直弥はあらためて見た。

造り付けの本棚には、馴染みのある株関係の本やチャートブック、経済誌のバックナンバーなどがそろっている。

パソコンモニターは三面用意されていた。

(ここで、俺はトレードをするのか?)

共生者となるのは、勿論不本意だった。今の今まで、そんなことは一度も望んでいない。あまりにも、理不尽すぎる。

とはいえ、トレードが続けられる。自分は、全て失ったわけではないのだと思うと、少し気持ちが軽くなるような気がした。

何よりもの喜びが、直弥に残されたのだ。

動かせる金額さえ大きければ、会社を辞めて、専業トレーダーになるのが自分にとってはおそらく一番幸せな生活だろうということは、直弥も前から思っていたことだ。

こんな歪《いびつ》な形とはいえ、それが叶えられた。そう、思おう。

現状を悪くしか考えられなければ、それだけ鬱屈する。絶望感しかない日々を、人は生きていけるものではない。

直弥は、活路を見出そうとする。

自分が、愛した世界とまだ関われるのだということに。

「……モニターは、もう一つくらいあると楽だな」

直弥は呟く。

その言葉は、共生者となった自分を受け入れる、直弥の譲歩の言葉でもあった。

前向きに、考える。

奇《く》しくも斉木が言った通りになるのが癪《しゃく》だったが、これからのことを考える行為は、現状を受け入れることにも通じていた。

「それに、テレビも二台欲しい」

株取引は情報が命だ。経済関係のニュースは、できるだけたくさん吸収できるようにしておきたい。

「わかった。用意させよう」

斉木は、即座に頷いた。直弥の気持ちの変化は、彼も気づいているのかもしれない。どことなく、安堵《あんど》した表情だった。

一通りマンション内を見て回った後、リビングに控えていた部下に、斉木は声をかけた。

「……西園寺」

「はい」

忠実そうな目をした男は、手に分厚い資料の束を持っていた。そして、その資料の束を斉木へと渡す。

するると斉木は、そのまま直弥へと横流しにした。

「目を通しておいてくれ」

「これは？」

厚みのある書類を受け取って、直弥は首を傾げる。すると斉木は、あっさり答えた。

「企業の情報だ。……つながりがある、新興企業のな」

「……っ」

さっと直弥は顔色を変えた。

それは、あっさり口にするようなことだろうか？　やはり斉木の感覚は、一般人とは違っている。

「インサイダー……」

掠れた声で、直弥は呟いた。

「ま、そういうことだ」

斉木は、なんでもないことのように言う。彼はやはり、ヤクザなのだ。違法行為を、ものともしていない。

事前に、一般的に知られていない情報を手に入れ、それを元に取引することをインサイダーという。

ヤクザが企業等に金を出したり、なんらかの手段で情報を手に入れることで、インサイダー取引をしているのだということは、直弥も知っていた。とはいえ、それをするように仕向けられるのは、我慢ならなかった。

「断る」

トレードは続けられるという喜びに、泥を塗られた気分だ。直弥は差し出された書類を、思わず手で払いのけてしまった。

それに、インサイダー取引をさせられるなんて、直弥にとってはプライドを踏みにじら

れるも同然だった。

直弥は、トレードの腕前には、少なからず自負があるのだ。

「インサイダーに頼らなければいけないほど、下手じゃない」

株取引は、直弥の喜びだ。不正なんかして、その喜びに水を差されてたまるか。

「そんなことをするくらいなら、俺を連れてくることはなかったはずだ。どんなへたくそでも、最低限の知識さえあれば勝てるじゃないか」

直弥の拒絶に、斉木は面食らったようだ。饒舌《じょうぜつ》な彼が、珍しく押し黙ってしまう。だが、やがて笑い出した。

「プライドを傷つけたみたいだな、悪かった。……西園寺、この書類は引っ込めよう。直弥の誇りを立てて」

強引に直弥を貪り、堕とした男の言う台詞《せりふ》ではない。

しかし、拍子抜けするほどあっさりと、直弥の最後のプライドを斉木は守った。

「俺としては、おまえが利益を出してくれればそれでいいからな」

「……」

(利益、か)

直弥のこれからの仕事は、禁断の錬金術だ。トレード自体は好きでも、やはり複雑な気持ちはある。了解した、とは言いにくい。

斉木は不遜な男だし、直弥の弱点に勘付いて肉体を支配したくらいだから、見掛けよりも聡い男だ。意外にこちらの感情の機微には気がついているのかもしれない。むっつりと黙り込んだ直弥の態度に、不快な表情は見せなかった。

斉木は自分がしていることの惨《むご》さを、十分自覚している。しかしその上で、直弥に強いている。身勝手な男だ。今、直弥に気を遣っているのも、自己本位な優しさでしかないのだ。

それなのに、ふとした瞬間に甘いものを感じるのは厄介《やっかい》だった。もっとひどい扱いを想像していたから、たまに直弥の気持ちを尊重するような態度に出られると、不意打ちの気遣いに動揺する。

共生者としての直弥のためだと、わかってはいても。

たとえば、わざとらしいくらい軽い態度を取るのは、直弥を深刻な気持ちにさせないためのような気がしてくる。何も、そんなに彼の行動をいい方向に取ってやることはないはずだが。

「ま、せいぜい稼いでくれよ。そして、俺に奉仕するんだ。……そのかわり、ベッドの中では俺がおまえに奉仕してやるからさ。ギブアンドテイクってさ」

冗談めかして、斉木は余計な一言を付け加えた。

「黙れ！」

かっと首筋が赤くなる。直弥は思わず、斉木の横っ面を張り倒した。

斉木の部下たちには、きっと直弥が斉木に何をされたのかバレている。しかし、それを言葉にされた居心地の悪さ、羞恥は抑え難いものだった。

西園寺が身じろぎして、直弥に手を伸ばしかけるが、斉木はさっと腕を横に出し、部下の動きを止めた。

「やめろ、西園寺。直弥のことは、みんな俺に任せておけ」

西園寺は、斉木よりは年上に見える。しかし、斉木の態度には威圧感があり、年齢のギャップなどというものは感じさせなかった。

少々やり過ぎただろうか、いやこれでは足りない……。斉木を張り倒した掌を見下ろしていた直弥を、斉木は目を細めて見つめた。

「……そのきつい目が、たまらなくいい。おまえは、ずっとそのままでいろ。……ずっとな」

「斉木……」

直弥が従順であることを、斉木は望んでいないのだろうか。それとも、強引に連れてこられた直弥のフラストレーションが晴れるなら、殴られ役に甘んじるということか。

ヤクザというものは、彼ら自身が他人に暴力をふるうことは当然としていても、他人に暴力をふるわれることには我慢ならない生き物だと思っていた。しかし、目的があれば、少しくらいの我慢はできるということだろうか。

斉木という男の態度は、たまに理詰めでは割り切れないものに感じることがある。そのせいか、直弥は振り回される。

「ああ、そうだ。おまえのお城に、俺は入らないようにしよう。神聖な仕事時間も邪魔はしない。日本株は、九時から十五時までの取引だな。その間、おまえには近づかない。約束する」

斉木は、まるで宣誓でもするかのようなおどけたポーズで、言い出した。

（本気か？）

こんな強引な男が、直弥の都合を優先したりすることがあるのだろうか。

不信感丸出しの表情で、直弥は斉木を見つめた。

彼が言うとおりならば、確かに嬉しい。直弥にとっての大事な時間は、邪魔されずにすむのだ。彼に好き放題されずにすむ空間もあるのだ。しかし、この男の言葉を、いったいどれだけ信用できるのだろう。

斉木の真意を見極めるように目を眇めた直弥の表情を、彼は覗きこんできた。

「そのプライドに見合うだけの腕が、おまえにはあるんだろう?」

「当然だ」

ようやく、直弥は即答できた。

「わかった。尊重するだけのものを持っているのならば、それは大事にしないとな」

斉木はそれ以上、直弥を突いたりしなかった。

(……共生者だから、か)

直弥は結局、斉木の態度をそう結論づける。

彼は直弥に快楽を教え込み、肉体的に支配した。とはいえ、直弥は完璧に彼に服従したわけではない。

だから、何もかも抑えつけるのは得策ではないと、斉木は考えているのかもしれない。

つまり、直弥を尊重などというのも、彼の側の都合なのだ。

(それでいい。わかりやすいしな)

心の中で、直弥は呟く。

セックスを使って斉木は直弥を支配し、堕とした。捕らえた獲物は、せいぜい快適に長生きさせてくれるつもりのようだ。

彼の強引すぎる態度に、明確な目的があることに、安堵したような、落胆したような、直弥は不思議な気持ちを味わっていた。

（落胆？　なんだ、それは）

自分の気持ちを計りかねて、直弥は苦い気持ちになった。

斉木の手によって、今までの自分を壊され、隠していた本性を暴かれた直弥だが、まだ気持ちの中にはブラックボックスになっている部分があるのだろうか。

いや、深く考えなくてもいいのではないか？　ただの異常者に飼われるよりも、共生者として支配を受ける方が、まだマシというものだ。理不尽ながら、安堵しておけばいい。

トレードとセックスの日々が始まるのだと思うと、背中がぞくぞくした。絶頂の感覚にも似ているそれを、直弥は苦い気持ちで自覚する。

斉木にいいように扱われるのは癪だ。しかし、彼に与えられる恥辱は、この恥知らずな体を歓ばせる……。

思い出すと、かっと体が熱くなった。

「ああ、そうだ。メシは、なるべく一緒にとるぞ」

付け加えた彼の表情は、どことなくはにかんでいるようにも見えた。少年くさい表情だ。直弥に淫猥な屈服を強いた男とはまるで別人のようで、意表を突かれたせいか、一瞬直弥は目を奪われてしまった。

6

共生者としての日々が始まった。

斉木は己の発言を守り、たとえ家にいたとしても、決して昼間は直弥に近づかない。そのかわり、夜は一緒に過ごす。

それでも、直弥が朝起きてチャート分析などをすると言えば、決して夜遅くまでは無理強いしなかった。

斉木のセックスは相変わらず獰猛で、獣じみていた。

だが、直弥を決して傷つけない。

快楽以上の痛みも恥辱も、与えようとしなかった。

直弥が快楽だと感じるぎりぎりのラインを、彼は不思議と見分けているようだ。

直弥は斉木とのセックスに溺れさせられた。

斉木は奉仕すると言ったとおり、直弥を使って快楽を得ているというより、直弥を歓ばせることに徹した。

尻をぶったり、焦らしたりするが、それは斉木が嗜虐癖があるというより、直弥が被虐の歓びを知っているからのようだった。

夜毎の交歓が繰り返されるが、昼間の直弥は勤めていた時と変わらない。株と戯れる日々だった。

一番変わったのは、週末の過ごし方だ。

平日は我慢している斉木だが、金曜、土曜の夜だけは、彼自身が快楽の主導権を握ろうとした。

直弥の性器にリングをつけ、右の乳首には特性のクリップをはめこんだ状態で、夜の町に繰り出す。そして、服の下で卑猥すぎる屈辱を与えられている直弥の羞恥や性感を煽り、一晩中泣かせるのだった。

リングやクリップ、あるいは後孔に玩具をはめられたまま引っ張り出されるのは、直弥の逃亡防止の意味もあったかもしれない。

それらは、あまりにも淫らな枷だった。

直弥は絶頂を抑えこまれた状態で体をまさぐられ、啼かされ、卑猥な悦楽に耽り続けるのだった。

斉木には、いくつか行きつけのクラブがある。銀座、新宿、六本木、赤坂と場所はそれぞれだ。

斉木の組はいち早く会社組織に移行しており、どうやら斉木本人も部下たちも経済には明るいようだ。おかげで、どこの暴力団もシノギがままならなくなっている今も、羽振りがよい様子だった。

その日、直弥は赤坂に引っ張り出されていた。

勿論、いつも通り性器の根本にはリングが、乳首にはクリップがつけられている。後孔には、バイブレーターではなく、ディルドーをはめこまれていた。かなりサイズは大きくて、肉筒をたっぷり拡張するものだった。おまけに、粘膜には凹凸ががっちりはまりこんでいる。

その状態でマンションから連れ出され、車に乗せられた。歩いていても、車に乗っていても、体には振動が伝わる。咥えたディルドーが肉筒の中で動くたびに、直弥の体は興奮していく。

ようやく店内の個室に案内された時には、直弥は自力で体をまっすぐにできない状態になっていた。

常に、斉木の周りには部下がいる。だから直弥は、斉木以外の人間の目があるところで、嬲られることに慣れつつあった。彼らの視線を意識すると、直弥の体は羞恥のあまりますます高まっていく。

斉木は、部下の目は気にしない。むしろ、羞恥に身悶えし、そんな恥辱すら快感に変えていく直弥に、セックスのスパイスでもプレゼントしているというような顔をしていた。まったく、ひどい男だ。

「……う…」

身じろぎするたびに、熱が暴走しかける。直弥は出された酒に手をつけるどころではなくて、苦しげに息を漏らした。

そんな直弥の体を、斉木は我がもの顔でまさぐり続ける。いくら個室だからって、まったく悪趣味だ。

「さわ……る…な……っ」

直弥はうなり声を上げる。

車に乗っている間にも、振動で下から突き上げられ、直弥は息を荒げていた。

ここまで歩くのも精一杯で、よろめいてしまい、傍《はた》からは酔っているようにも見えているのではないだろうか。

先ほどから店員が何度もこの個室に来るが、直弥のことは完全につぶれていると思っているのだろう。冷ややおしぼりを、何度も置いていく。

「こんなイイ体が傍にあったら、つい触りたくなっちまっても仕方ないだろう?」

ソファに背を預けた斉木は、直弥の体のラインをなぞる。それだけでも、火照った体を追い詰めるには十分すぎることを、斉木はよく知っていた。

「ああ……っ」

直弥は甘い声を上げる。

斉木の指先は好すぎた。これ以上触れられたら、本当にどうにかなってしまいそうだった。

いくら人前で嬲られるのに慣れているとはいえ、それが快感とはいえ、外でイかされることには抵抗がある。とんでもない辱めだ。しかし、その恥辱を想像すればさらに熱が高まっていくことも自覚していて、直弥は狂おしい息をつくしかなかった。

「……もう、や……め………っ」

下着はすっかり湿っている。

先走りはリングでは堰き止められず、ひっきりなしに性器の先端から漏れていた。

濡れた下着の感触は、直弥の羞恥をさらに煽った。下着だけならまだいい。スラックスの色が変わるほど漏らしてしまったらどうしようかと、気が気ではない。実際に、そういうときもあった。

もっとも、服の表まで淫猥な涎がしみ出すのは珍しいことではなく、万が一のことがあれば素早く斉木が新しいスラックスを調達してくれる。彼も一応、身内以外の人間に、直弥の被虐の性をさらけ出すつもりはないらしい。

ただし着替えさせてもらうためには、「人前でお漏らしした淫乱な直弥を着替えさせてください」と言わなくてはならない。

その恥辱の台詞もまた、直弥を高めるばかりだった。

甘い痛みや恥辱に弱い体。

男を咥えることで、女を抱いた時以上の絶頂を迎えることができる。

こんな自分を否定する一方で、溺れている。斉木の手で容赦なく暴かれた直弥の本性は、あまりにも淫らで恥知らずだった。

直弥自身すら愛想をつかしているのに、斉木はそれで満足らしい。

直弥が彼の許に来て三ヶ月ほど経つが、飽きもせずに抱き続けている。

（物好きな男だ……）

快楽の涙を流しながら、直弥は斉木を見上げる。

いまだに直弥は、斉木という男のことがよくわからない。

力ずくで直弥を貶《おとし》めた男。それと同時に彼は、誰よりも甘い快楽に直弥を溺れさせ、直弥の痴態を愛《め》でる男でもあった。

彼の前で、直弥は全てをさらけ出した。

今まで自分の外側を覆っていた意地やプライドというものを、斉木の前ではぎ取られる。

すると、そんな自分が悔しい反面、途方もない解放感を得られるのも事実だ。

そして、淫らな直弥を暴くことで満足しているらしい斉木に対して、連帯感と安堵を抱くのだ。

この男だけは、直弥がどれほどとんでもない恥知らずだろうとも受け止めてくれるのだという……信頼だとは、言いたくないのだが。

「今日はどうやって楽しもうか、直弥」

いかがわしい口調で、斉木は尋ねてきた。

「外を散歩でもしてみるか？　おまえのぬるぬる――を出したまま。先端に、紐をつけてやってもいいな。犬の散歩みたいに」

淫らすぎる誘いに、背中がぞくぞくする。

斉木は、通りすがりの他人に、直弥の貪婪な本性を進んでさらしはしない。しかし、ぎりぎりのプレイは好んだ。見られるかもしれないというスリルもまた、快楽のスパイスだということを、彼はよく知っている。だからこそ、直弥の体に淫らな飾りをつけたまま、夜の町に引っ張り出すのだ。

もし万が一、性器をむき出しにして歩いて、人に見られたらどうなってしまうのだろう。

そんな恥辱は耐えられない。

想像するだけで、全身が熱くなる。

淫らな夜の散歩を実行されたら、きっと直弥は深い絶頂を得るに違いない。

プライドをぼろぼろにされ、壊される爽快感を知る体は、想像だけでも反応した。性器から、また濃い先走りが溢れ、下着をどろどろに濡らしていく。

「……う…っ」

深い官能に、直弥は喘ぐ。

斉木に抱き寄せられるまま、ひくひくと下腹をしびれさせていると、ドアの外で声が聞こえた。

「斉木さん、すみません。藤原《ふじわら》さんがいらっしゃっているのですが……」

「藤原？」

ドアの外から聞こえてきた部下の声に、斉木は不機嫌そうな声を漏らす。

藤原というのは、どうやら好ましくない相手のようだ。斉木が、そんな声を出すのは珍しい。

しばらくむっつり黙りこんでいた斉木だが、やがて面倒くさそうに答えた。

「歓迎していないが、入れと言ってやれ」

「相変わらずだな、斉木」

斉木の部下のかわりに、知らない男の声が聞こえてきた。

直弥が思わず体を起こそうとすると、斉木には「かまうな」と言われた。とはいえ、さすがに緊張する。己の淫らな姿態を他人に見られるのだと思うと、下着の中で性器が暴れた。

火照った顔をさらすのが嫌で、直弥は顔を下に向ける。感じている自分の顔がどれだけ淫らで見るに堪えないものになっているか、鏡の前で抱かれたこともあるので、よくわかっていた。

ドアが乱暴に開き、入ってきたのは斉木より少し年上の男だった。いかにも極道という風情。一目見て、すぐにわかった。

「……そいつが、秦部直弥か」

名前を呼ばれ、直弥は驚きのあまり肩を揺らす。

(……なぜ、俺の名前を?)

顔は伏せたままだが、直弥はちらりと視線だけ上げ、男をじっと見つめた。

見覚えはない。

だいたい、直弥はヤクザの知り合いなんていなかった。斉木に目をつけられたのも不思議だが、いったいどうして、彼らは直弥のことを知ったのだろうか。

まったく腑に落ちない。

共生者として都合のいい相手を物色していた時に、たまたま直弥のことが目に入ったのだろうか。しかし、大手で名が通ったディーラーなら他にもいる……。

それとも、直弥の本性を見抜いて、利用しやすいと判断されたのだろうか?

自分が恥知らずな本性を理性で隠していたのだと、そんなに誰にも彼にも見抜かれていたとしたら、それはそれで消え入りたい気分だが。

「泥棒猫め」

その蔑みの言葉は、直弥ではなく斉木に向けられていたようだ。

直弥は、びくっと肩を震わせる。

まるでその言い方は、直弥がもともと藤原のものだったようだ。しかし、断じてそんな事実はない。

「ぐずぐずしている、テメェが悪いんだろ」

斉木は、皮肉っぽく笑った。

「俺は、自ら出向いてこいつを口説いたんだ。手間暇惜しんだテメェの負けだ。諦めろ」

「……開き直りか」

「いいや、事実だ」

二人の小競《こぜ》り合いは、仲の良い者同士のやりとりというよりは、もっと緊張をはらんだ根深いものだった。

（いったい、どうなっているんだ？）

直弥には、状況がまったく理解できない。ただ、ただならぬものは感じた。そのせいで、快楽で浮かれかけていた頭が、すっと冷静に戻る。

（俺は、随分前から、ヤクザに目をつけられていたのか……。しかし、きっかけはなんだ？　何かあるんじゃないのか？）

転落した今の生活を、直弥は受け入れていた。だが、もし理由があるのならば、知りたいという気持ちもあった。

何かきっかけがあるというのなら、自分が淫虐の欲望を振りまきながら歩いていたわけではないのだと安心できるのだが。

「覚えてろ!」

明らかに劣勢になっている者の捨て台詞を、とうとう藤原は吐いた。

「勝手に押しかけてきて捨て台詞か、おめでてぇな」

斉木はせせら笑う。

直弥が状況を理解できない間に、舌戦のカタはついていたようだ。藤原は入ってきた時と同様、乱暴にドアを閉めて出ていった。

「まったく、不景気なツラ見ちまった。飲み直すかな」

うんざりという様子の斉木に、直弥はそっと尋ねた。

「今のは……?」

「同じ浜組の執行部だ」

自分で組を持っていても、上部組織においての斉木はただの役付でしかない。直弥にはよくわからないが、ヤクザの社会機構は複雑だ。

つまり、藤原と斉木は、同じ系列の組に所属しているということか。そのわりに、仲は悪そうだったのだが。

「何かと言えば、突っかかってくるんだよな」

斉木は、鬱陶しそうに呟いた。彼は傲岸《ごうがん》不遜な性格だが、根はからっとしたところがあるようだから、ああやってちくちく絡まれるのが心底嫌なのだろう。

「……泥棒、というのは？」

「単なる逆恨みじゃねえの？」

斉木は空っとぼけているが、直弥はその彼の態度で、逆に確信する。おそらく、藤原もまた直弥を狙っていたのだ。

共生者として。

（もしかしたら、俺はあの藤原という男の許に囚われていた可能性もあるのか？）

愕然とする。

斉木に輪をかけて、粗暴そうな男だった。冷たく、値踏みするような目で、直弥を見ていた。

まさに、買いそびれた道具を恨みがましく睨むように。

（……どっちもどっち、なんだろうが）

直弥は複雑な気分になる。

少なくとも、直弥は斉木にああいう目で見られたことがない。

それに、斉木は最初に直弥がマンションに来た日に言ったとおり、直弥に対して不幸の中の幸福を提供しようと、努力はしているのだと思う。

直弥に絶頂を極めさせる恥辱のセックスはさておき、普段の暮らしの中で、何かと直弥を優先してくれているのは知っていた。

セキュリティの問題だとかで、直弥は斉木と一緒の時以外に外に出ることは許されない。そういう不自由はあっても、できる限り直弥の希望を通そうと努力はしてくれているようだ。

たとえば、食事のメニューからセックスのタイミングまで、細かいことにまで気を回している。

身内以外の人間の前では、さすがに直弥を淫虐にさらさないのも、直弥がぎりぎり快感だと思える羞恥のラインを踏まえてのことだろう。

斉木自身は、何も言わないのだが。

「おまえは、あんな奴のことは気にしなくていい。顔を合わせる機会も、そうそうないだろうしな」

直弥の背を、斉木は軽く叩いた。子供をあやす、母親のような手つきだった。

たとえば藤原ならば、こんなふうに直弥に触れるだろうか？　触れないのではないだろうか……。

（だからと言って、斉木のところに来てよかったなんて、思いたくないけどな）

斉木は、道具である直弥を、なるべく気持ちよく使いたいと思っているだけだ。傲慢で粗野な男だが、その程度の計算ができる程度に斉木は思慮深い。それだけのことだ……。

斉木に抱き寄せられ、温もりを感じながら、直弥は心の中で冷静さを装っていた。斉木に対して、情みたいなものを抱いてしまいそうになる、自分を戒《いまし》めるように。

忘れてはいけない。

斉木はヤクザで、自分は共生者。あくまで、利害が絡んだ関係でしかないのだ。


直弥の熱を高めながら、ひとしきり飲み直した斉木は、気がすんだらしく店を出ようとした。

このあとは結局、マンションに戻ってのお楽しみだという。

ずくずくしている直弥の後孔は、彼の言葉に歓喜していた。動かない道具では、とうに物足りなくなっている。肉筒は、斉木の熱い性器が大好物なのだ。

ところが、店内をよぎろうとした時、たまたま藤原の席を通りかかった。「なんだあいつ、個室とられて因縁つけに来たのかよ」と、斉木は冷やかすように笑っていた。

直弥は斉木の言葉なんて、右から左に流れていた。体内にわだかまる熱のせいではない。藤原たち一行のいるテーブルに目が釘付けになり、愕然としていたのだ。快楽なんて、吹っ飛んでしまった。

（……瀬木野……!?）

なぜ、藤原の席に瀬木野が同席している？

彼の方は、ちょうど直弥に背を向ける格好になっていたから、きっと気づいていない。

だが、直弥が彼の後ろ姿を見間違えるはずはない。

（瀬木野がどうして……？　いや、ヤクザと業界の人間がつるんでいること自体、珍しくない……が……）

火照った体が、一気に冷めていくのがわかった。

全ての糸が、つながってしまったのだ。

どうして直弥がヤクザに目をつけられたのか、そのわけを。

直弥がいくら優秀なディーラーだったとはいえ、決して一般的な有名人だったわけじゃない。テレビに出たことはない。本も出していない。

……だが、業界内部に詳しい、情報提供者がいれば別だ。

直弥は、瀬木野に売られたのか……？

一度そんな考えが脳裏に浮かぶと、消すのは用意ではなかった。そう考えれば、自分がヤクザに目をつけられた理由も、すんなりと納得がいく。少なくとも、被虐の性を見破られたなどと考えるよりは。

全身から、血の気が引いていく。立ちすくんで、動けない。

そんな直弥の肩を、斉木は抱いた。

「……行くぞ」

彼は低い声で呟くと、直弥を抱いたまま、足早に店を出ていった。

「なんてツラしてやがる」

「……っ」

放心状態の直弥を車に押し込めた斉木は、ぶっきらぼうに言う。

「俺以外の男のことを考えて、感情乱すな」

なんて勝手な男だろう。

……そして、なんてよく直弥を見ている男だ。

直弥はいつものように、彼への反抗の言葉がすぐに出てこなかった。口唇が震えているのだ。涙をこらえるように。

だから、声を出すことができなかった。

斉木は直弥を見つめると、やがて息をついた。

「瀬木野は藤原のインフォーマー……情報提供者の一人だ。随分前からの関係のようだな」

低い声で、斉木は言う。

もう、それだけで十分だった。自分の身に何が起こったかということを、直弥はそれ以上問いただす気力はなかった。

(やっぱり、俺のことは瀬木野を通じて……)

瀬木野を通じ、藤原は直弥に目をつけた。そして、どうやら藤原と折り合いが悪いらしい斉木もまた、直弥に目をつけたのだ。もしかしたら、藤原の動向を見張っていて、たまたま直弥を知ったのかもしれない。

(俺がゲイバーに通っていたことも、瀬木野は知っていたのだろうか。それとも、瀬木野の情報で俺に目をつけたヤクザたちが、調べたのか?)

だが、もし藤原が知っているなら、ああやって一緒に酒を飲むくらいだ。瀬木野にまで直弥がゲイバーに通っていたことが、知られている可能性がある。

あらためて、惨めな気持ちになってきた。

瀬木野は、直弥のことをどう思っていたのか。友人というのは、上辺だけか? 少なくとも、ヤクザに売り飛ばしていい程度の存在だと思っていたのは間違いない。

自分は瀬木野の何を見ていたのだろう。

明るく、お節介な男だと思っていた。けれども、彼はそれだけの人間ではなかったのだ。直弥が惹かれた陽性の部分の影に、とんでもない闇を隠していた。

気持ちが、重く沈んでいく。このまま目を閉じて、今は何も考えず、泥のように眠りたかった。

しかし、傍らの男が、そうさせてくれるわけない。

「俺を見ろ、直弥」

身勝手なことを言って、斉木は顎を摑んできた。

「余計なことを考えるな。俺のことだけ考えてろ。……好くしてやる」

シャツの前を引き裂かれ、胸を露にさせられてしまう。

斉木はいつでも、右の乳首しか弄らない。そのせいで、直弥の乳首は右側だけ大きくなっていた。

その左右非対称になってしまった乳首を、斉木は思いっきりひねり上げた。

「あう……っ」

「他の男のことなんか考えた、罰を与えてやらないとな。……たっぷり、泣かせてやるよ。俺の手で」

言葉は傲慢だったが、瞼《まぶた》へのキスだけは優しかった。

「リングしているのは、苦しくないんだな。気持ちいいんだよな。こんなにカチカチにして、恥ずかしい奴だよ」

声の調子だけは甘く、斉木は囁きかけてくる。

「あ……あぁ……」

こみ上げてくる快感に喉を震えさせていた直弥は、彼の言葉に答えるどころではなかった。あまりにも快楽が強烈すぎて、頭がどうにかなりそうだった。

スラックスの上から、性器をわし摑みにされている。硬くなったそこの形を、斉木に確かめられているのだ。

ただでさえ下着は濡れてどろどろになっていたというのに、さらなる恥辱が直弥の体には与えられる。

喘ぎ声を促すように性器を弄くられ、直弥は涙を溢れさせた。

「泣くほどいいのか？　ん？」

いつになく甘い声を出す男は、もしかしたら知っているのかもしれない。

涙は快楽ゆえではなくて、口ではなんと罵ろうと、この世でただ一人惹かれていた男に裏切られた悲しみから溢れたものだということを。

（……気づかないふりをするなら、俺も……）

この涙は、好すぎるから流れる涙だ。そう、振る舞ってやる。

直弥は、心の中で呟く。

斉木の先ほどの口ぶりだと、おそらく直弥と瀬木野が友人同士だったことは知っているのだろう。しかし、斉木はあえてそれに触れない。知らないふりをしてくれるのだ。言葉にはならない、斉木の気遣いだ。

今日は、それに甘えてしまおう。彼が演じているように、直弥も……。

「斉木……」

直弥は、譫言のように彼の名を呼ぶ。

胸に、ある種の感情が渦巻いた。今まで斉木に抱いたどんな気持ちとも違う、何かだ。こみ上げるそれを言い表す術はなくて、かわりに名前を呼び続ける。

「斉木、斉木……」

「なんだよ、俺をせがんでいるのか?」

「う……っ」

乱暴なキスに、口唇がしびれる。でも、その温もりが、また直弥に涙を流させた。

「……と……」

口唇を舌で舐め、直弥は斉木を挑発する。

「もっと、俺を泣かせろ。……好くしてみろよ」

「ああ、勿論だ」

直弥の体を、斉木は強くかき抱いた。

「何せ俺の体は、おまえを歓ばせるためにあるんだからな」

快楽で直弥を堕とした男のわりに、殊勝なことを言っている。しかし今の直弥は、いつものように反発することはなく、素直な快楽に溺れることを自分に許した。

涙のわけを、隠すように。


卑猥な遊戯は、車の中で下ごしらえされた。

右の乳首と性器を外に出すように命じられ、それぞれ乳首の根本とカリの部分に糸を括《くく》りつけられる。そしてマンションの駐車場で車から降りるとき、その糸の端を引いて連れ出された。

「ひ……っ」

直弥は、うわずった声を漏らす。

マンションは斉木の持ち物であり、組の人間や、ゆかりの深い者が暮らしていた。いわば、身内の暮らしている場所だ。

とはいえ、誰かにこんな恥ずかしい姿を見られたらと思うと、それだけで直弥の体は絶頂まで駆け上りそうになる。

もっとも性器にはめられたリングは、直弥に射精の自由を許さないのだが。

久世や西園寺に痴態を見られることには慣れた。平気になったわけではなかった。しかも、いつも以上に浅ましい姿をさらしているわけだから、直弥は息も絶えがちになるほど乱れていた。

斉木は悠然と、直弥を車外に連れ出す。

「ほら、散歩するぞ。おまえみたいな淫乱な雌犬には、ふさわしい散歩じゃないか？」

「あぁっ」

くいっと糸を引っ張られると、それだけで興奮する。

こんな散歩で興奮している、確かに自分は淫乱な雌犬だった。

熱く火照った性器が外気に触れて、服から飛び出していることを強く意識した。なんてみっともない格好なのだろうか。それなのに、はしたなく感じている。

「ほら、行くぞ」

「ひ、人に見られたら……」

その言葉は、形だけの抵抗になっていたかもしれない。見られたら、と言った瞬間、性器の先端からは涎が垂れ流れた。

「可愛い犬の散歩中だと言ってやるさ」

「……ああ……っ」

ぐっと強く糸を引かれると、もう逆らえない。直弥は引きずられるまま、よろめくように歩き出した。

浅ましく淫らな、散歩の始まりだ。

乳首も亀頭も括り出されて、ひどく腫れているように感じられる。じんじんとしびれと熱が入り交じっているような気がした。

「くぅ、あ…っ」

尻に咥えたディルドーが、気を抜くと抜けそうになる。体が感じれば、男に慣れた直弥の後孔は、自然に開いてしまうのだ。

しかし、ディルドーが自然落下してしまったら、恥ずかしすぎる。淫乱な穴はそんなに緩くなっているのかと、斉木に再教育をされてしまいそうだ。

尻をぶたれ、肉筒を絞める訓練は前にもされたことがあるが、ひときわ恥ずかしく、淫らに感じてしまう行為で、思い出すだけで、恥辱のあまり体が熱くなる。

「……う、くぅ……っ」

尻に力を入れ直した瞬間、また性器の先端から透明の雫が溢れた。瀬木野のことを忘れたくて、快楽に狂いたがっている体は、いつも以上に感じやすくなっていた。


エレベーターに乗り込むまで、幸い誰にも会わなかった。その後、最上階の一つ手前でエレベーターを乗り換える。こんな造りになっているのは、防犯のためなのだという。

斉木の部屋しかない最上階に着くと、ようやく二人っきりになれた。その途端、直弥は我慢ができなくなっていた。エレベーターから降りた途端に、斉木の股間にむしゃぶりついた。

直弥の性器からは先走りが滴り続けて、エレベーターに乗っている間、小さな水たまりを床に作っていたほどだ。これ以上、我慢できない。それに、早く快楽に狂ってしまいたかった。

「……もう……ここ、で……して、おねがい……だから……」

床に膝をつき、四つん這いになるようにして斉木の性器をねだる。スラックスの股間に頰ずりすると、斉木が小さく息をつくのがわかった。

「なんだ、もう我慢がきかないのか」

にやりと笑った斉木の性器を震える指で取り出し、咥えた直弥の髪は、大きな手で撫でられた。犬をほめる時のように。

「美味いか？」

「美味い……」

直弥は、朦朧《もうろう》としながら性器を舐める。

防犯カメラはあるが、すでにその存在すら直弥のストッパーにはならなかった。どうせ、このマンションのセキュリティを監視しているのは、腹心中の腹心である、久世や西園寺だ。羞恥はあるが、快楽への欲望が勝った。

余計なことを、今は考えたくなかった。無茶苦茶に乱れて、快楽だけに浸っていたかった。

「……う、ぐ……う……っ」

斉木の性器は大きい。反り返り、勃起も勢いがあって、強かった。雄の美徳の全てを備えているそれを、直弥は唾液で濡らしていく。

「……欲しい、い……斉木の……ちん、欲しい……」

譫言のように繰り返しながら、舌や指、口唇だけでなく、頬に擦りつけて弾力のある肉楔を確かめる。

この肉は、直弥の強がりもプライドも意地も何もかも壊し、秦部直弥という一人の人間をむき身にする。恐ろしくもあり、そして愛しさを感じた。

「おまえの好きなようにしてみろよ」

髪をかき上げられながらそそのかされ、直弥は立ち上がった。勃起した性器は口に咥えるものではない。尻に咥えてこそ、真の歓びが得られるのだということを、今の直弥は知っていた。

たっぷりと唾液をまぶした性器を離した直弥は、斉木の首筋に右腕を絡げる。そして、左足を上げると、今度は彼の腰へ絡めた。

不自然な体勢が苦しいが、ここからが本番だ。一番欲しいものを、欲しい場所で食らうのだ。

直弥は左腕で斉木の性器を摑むと、自らの貪婪な穴へと導いた。

「……う…っ」

さすがに、体勢が悪い。なかなか咥えられない。

自分でも無茶をしているとわかっていた。だが、今日は無茶をしたかった。性器のことしか考えていない、淫乱に成り果てたかった。

「……面白いことするじゃないか。だが、無茶すぎるぞ。これじゃあ入らない。俺のも、折れちまいそうだ」

直弥の意図を、すぐに斉木は察した。彼は低い声で笑うと、直弥の背を廊下の壁に押しつける。

そしてあらためて、直弥の腰を抱いた。

壁と斉木に挟みこまれるように、直弥の体が浮く。両足が、完全に床から離れ、彼の腰に巻き付いた。

「……っ、う……ぐ………っ」

ひくつく後孔が、勃起した性器の先端に吸い付く。それが中に欲しくてたまらなくなった。肉が蠕動した。

そして、一気に後孔を性器が貫いた。

「ああ……っ！」

直弥は背を壁にすりつけながら、嬌声《きょうせい》を上げる。不自然な体勢だからか、いつもよりずっと斉木を感じた。彼の肉を。そして、快感を。

「すげぇな……。深くまでハマっている上に、こんなにぎちぎちに絞め付けて……。美味いか、俺のは」

「……ああ……」

直弥は無我夢中で頷いた。そして、せがむように腰を振る。もっと感じたい。貫かれて、無茶苦茶にされたい。

「もっとだ……、もっと寄こせ……っ」

快楽に溺れたい。

……何も、考えたくない。

これは卑怯な逃避だ。

直弥は、斉木を道具にしている。

日頃、彼がいけしゃあしゃあと言うように、今の斉木は直弥の快楽に仕える道具だ。ただの棒だ。穴を塞ぎ、快楽を煽るためだけに存在している。

しかし、そのことを斉木にだけは許してやってもいいかもしれないというのも、確かな直弥の気持ちだった。

そして斉木は、全てわかっているくせに、何も言わずに直弥を抱擁したのだった。

我に返ったとき、直弥はベッドの中にいた。ブラインドの隙間からは朝の光りが差し込んでいる。

昨日、廊下で抱かれてからのことは、ほとんど覚えていない。何度も斉木の性器を使って、直弥は絶頂を迎えた。いつも以上に与えられた恥辱に酔い、恍惚《こうこつ》の中で快楽に堕ちた。

そのせいか、手足を動かすのすら億劫《おっくう》だ。

馬鹿な真似をしたと思う。直弥は、本当に馬鹿だ。素直に泣けない意地を、斉木の逞しい性器で壊して欲しかったのかもしれない。

そして、そんな直弥につきあってくれた斉木も馬鹿だ。

……馬鹿、だけど。

（そういえば、斉木はどこだろう）

傍らに、体温はなかった。

すでに日は高いようだ。もしかしたら、何か用事があって出かけているのだろうか……。

「目を覚ましたんですね、直弥さん」

ひょっこり顔を覗かせたのは、実智だった。

彼は、満面の笑顔だ。

一緒に暮らしているし、身の回りの世話もしてもらっているものの、直弥は彼にどう接したらいいのかわからず、どうしても素っ気ない態度を取りがちだ。

しかし、実智はそんな直弥にも、優しい笑顔を向けてくる。人との関りを面倒がっていた報いで、まともに対応できない直弥より、彼の方がずっと大人だ。

「おかゆ、食べられますか?」

「おかゆ?」

「直弥さんは熱があるようだから、今日は養生させてやれって、斉木さんが……」

「……そうなのか」

熱なんてあるだろうか?

自覚がなくて首をひねった直弥だが、心当たりはないことはない。あるとしたら、きっと微熱だ。昨晩、貪婪な粘膜を弄りすぎたからに違いない。

「あいつ、変に気が回るんだな」

素直に感謝することができず、直弥は素っ気ない口調になった。

「斉木さんは、優しい人です。それに、直弥さんのことをすごく大事にしています」

実智は、熱心に斉木の美点を訴えてきた。これは、いつものことだった。

実智にとっての斉木は恩人だとかで、とにかく心酔している。直弥が斉木に反抗しているのを見ては、本気で心を痛めているらしい。何かあると、斉木がいかに直弥を大事にしているのか、アピールしてくる。

いつも、直弥は実智の言葉を聞き流していた。そんなのは、実智のひいき目だろう、と。

しかし、今日という日は、その言葉をいつになく素直な気持ちで聞いていた。

確かに、斉木は直弥を大事にしている。共生者として、必要だからとしても。少なくとも、直弥の側もなんらかの情を斉木に持つには十分すぎるほどに。

とはいえ、直弥は素直になれない。

「あいつにとって、俺は大事な金蔓《かねづる》だからな」

「……直弥さん」

実智は悲しそうな顔になる。彼は心の底から、斉木のことが好きなのだ。

（まったく、あいつのどこがそんなにいいんだか。絶対に、だまされてると思うけどな……）

冷めたふりをしてみても、本当は、今の直弥にはわからないでもない。斉木には、ある種の魅力があることが。

「直弥さんは、斉木さんが嫌いですか？」

しょんぼりと肩を落として、実智は尋ねてきた。

「無理やり人生変えられたんだ。好きになれるはずがない」

自分に言い聞かせるように、直弥は呟いた。

「でも、今は一緒に暮らしていて……。その、斉木さんがどんな人なのか、直弥さんだって少しずつわかってきていますよね？」

斉木のことをよく知れば、嫌う人間なんていないのだと言いたいのだろうか。それほど斉木は、魅力的だと。

（そういうふうに、思いたくない）

我ながら、意固地だという自覚はある。斉木はとんでもない男だ。しかし、確かに魅力的なのだ。

……本当は、わかっている。

それでも素直になれないのは、彼には強引に肉体を支配されたからだ。自分を堕とした男を魅力的だと思うなんて、馬鹿の極みではないのか？

「俺が斉木に何されてるか、知ってるんだろ」

ひねた気持ちで呟けば、実智はうっすら赤くなる。

「……あの、でも、直弥さん嫌そうに見えない、し…………」

「……」

思わず、表情がひきつったかもしれない。

実智には、直接セックスを見られた覚えはない。だが、声は聞こえるだろう。普段のやりとりは、見られている。

そういうものを総合して、実智は直弥が本気で斉木とのセックスを嫌がっているわけではないのだと、判断しているのだろう。

確かに、直弥は斉木にどれだけ抗《あらが》おうと、最終的にはねじ伏せられる快楽を感じている。実智の見方は、とても正しい。だが、誰が素直に頷くものか！

黙りこんでしまった直弥を、どう思ったのだろう。実智は、身を乗り出して、訴えてきた。

「斉木さんは、直弥さんのことが好きなんですよ。すごくすごく、好きなんです。それは、わかってあげてください」

子供らしい単純さで、斉木が直弥を必要としていることの意味を、好きという言葉で実智は表現しているようだ。

彼は親許で虐待を受け、行き場のないところを斉木に拾われたらしい。家出した未成年者に関われば、それだけ斉木自身リスキーなのに、彼は実智を「こき使うからな」と言いながら引き取ったのだという。

斉木は、そういう男だ。

「たとえば、前は、斉木さんは長く爪を伸ばしていたんです。でも、最近は、こまめにヤスリがけしてるんです。直弥さんの体傷つけたくないからって……」

実智は、いかに直弥のことを斉木が気遣っているのか、エピソードの披露まで始めた。斉木が嫌われたら悲しいという、一心のようだ。

「爪……」

本当に、呆れるほど細かいことに気づく男だ。

最初に抱かれた時のことを、直弥は思い出していた。

そういえば、後孔を無理やり指でこじ開けられた時、直弥は「痛い」と口走った。斉木の爪が凶器としか思えなくて、呻き、本気で怯えた。

あれを、斉木は気にしていたのだろうか。

斉木は直弥に苦痛や恥辱を与える。しかしそれはあくまで、直弥の淫乱な体が歓ぶ範囲までだ。

そこからは、決して逸脱しない。

本当の意味で、直弥を傷つけない。

……そして、何も言わずとも直弥の気持ちを察して、演じきるのだ。直弥の心を包みこむように。

(わかっているよ)

口には出さず、直弥は心の中で相づちを打つ。

わかりたくないが、わかってしまった。

斉木は、確かに直弥に甘い。不幸の中の幸福を与えるという言葉を、忠実に実行している。

「本当に、斉木は嫌な奴だ」

溜息混じりに、直弥は呟いた。

一人言は聞こえてしまったようで、実智はますます悲しそうな表情になる。しかし、直弥は今、彼を慮《おもんぱか》ることができなくなっていた。

斉木は嫌な男だ。

単純に、傲岸不遜で身勝手な男だと思わせてくれない。憎ませてもくれないのだ。そこが一番、あの男の嫌なところだ……。


「どうだ、直弥。具合は」

斉木が帰ってきたのは、夕方近くだった。仕事に行っていたらしく、スーツを着ている。ヤクザとはいえ、彼の肩書きは会社社長だ。そのため、土日もわりと付き合いのために出かけていることが多かった。

直弥は、じろりと斉木を一瞥した。

この男は、本当に直弥のことを嫌なくらい見通している。熱が出ているのは当然という顔をしていた。

結局のところ、直弥は一日ベッドで過ごした。

実智に欲しい資料などを持ってきてもらったりして、ベッドの中で仕事をしていたところだった。

そうやってごろごろしていたせいか、体の怠さは消えている。おそらく、熱も下がっただろう。

「……悪くない」

昨晩の痴態を思い出すと、羞恥で体が熱くなる。直弥は顔を背けたが、斉木には頬を手で挟まれてしまった。

「どれ」

額を、こつりと当てられる。

「ああ、確かに熱はないな」

「な……っ」

直弥は思わず絶句する。

どれだけでも激しいセックスを繰り返してきた仲だ。しかしながら、額で熱を計るなんてことに、今までしてきたどれほど恥ずかしい行為よりも、ずっとずっと気恥ずかしさを感じた。

首筋まで、直弥は赤くしてしまう。

「は、離せ……っ」

「なんだよ、照れてるのか?」

「誰が照れるか」

「じゃあ、いいだろ」

直弥の頬を押さえつけたまま、斉木は何度も何度もキスをした。顔中に、優しいタッチで。

「……よくない。こんな……」

自分たちは、こんな関係ではないはずなのだ。こういうのは困る。よくない。居たたまれなさを感じた。

「お帰りなさい、斉木さん」

ひょっこり顔を覗かせた実智だが、ちょうど斉木が直弥へと何回目かのキスをしたところだった。さすがに、顔を真っ赤にする。

「よお、実智。ただいま」

「ご、ごめんなさい。邪魔して」

「いいや。……今日は、直弥の面倒ありがとうな。熱ひいてるみたいだ」

「いいえ。直弥さんが元気になったみたいで、よかったです」

実智は、ほっとしたように笑う。

そして、意味ありげに直弥のことも一瞥した。なんだか、いつも以上ににこにこしている。

「実智、飲み物持ってきてくれ。直弥の分もな」

「はい」

実智が部屋から出ていくと、斉木はベッドの端に腰を下ろした。

直弥はなんとなく、斉木とは反対サイドのベッドの端へ寄ってしまった。

先ほどから、空気が柔らかすぎるのがよくないのではないだろうか。調子が狂っているのは間違いない。

「週末の野暮用を終わらせてきた。これで、月曜日までゆっくりできる」

直弥の体を抱き寄せ、斉木は囁いた。

「おまえに、たっぷりご奉仕してやるよ。……どうやって、過ごしたい？　遊びに行くなら、連れてくぞ」

斉木のような男が奉仕などというと、途端にいかがわしさが漂う。実際に、直弥と彼との間では、その言葉はセックスの意味でしか使われない。

「ゆっくりしたい。静かに過ごさせてくれ」

できれば一人っきりが望ましいと付け加えようとした直弥だが、その前に斉木に口唇を塞がれた。

軽いキスをして、一瞬で斉木は離れていく。

「じゃあ、二人でのんびりするか？　お姫様みたいに、大事に扱ってやろう」

「誰が姫だ。誰が」

「そりゃ、おまえ……」

ふざけたことを言い出した斉木を睨みつけたそのとき、実智が飲み物を持ってきてくれた。斉木にはコーヒー、直弥にはオレンジエード。どうやら、直弥はいまだ病人扱いらしい。

「俺は今晩、西園寺さんか久世さんのところに泊まりましょうか？　水入らずで過ごされるんですね」

善良そのものの実智の笑顔を見ていると、思わず毒気も抜かれるというものだ。

思わず言葉に詰まった直弥だが、斉木の方はというと、大きく頷いた。

「ああ。実智、おまえもこの週末はゆっくりしろ」

「……はい」

実智は、小さく頷いた。

彼は直弥にオレンジエードを差し出すと、そっと囁きかけてくる。

「先ほどは、出過ぎたことを言ってすみません、直弥さん。あの、大人の気持ちって、難しいんですね。俺、あんまりよくわかっていなかった……」

「え？」

実智は、うっすらと顔を赤らめている。

「直弥さんの嫌いは、好きっていう意味だったんですね」

「……」

マグカップを手に持ったまま、直弥は硬直してしまう。実智の頭の中では、直弥と斉木の関係に関する、大いなる勘違いが生まれているようだ。

斉木は、にやにや笑っている。

「なんだ？　なんの話をしているんだよ」

「斉木、黙れ。なんでもない」

実智がとんでもないことを言い出す前にと、直弥は話を遮った。

「あ、あの、それは俺の口からは……」

実智は照れくさそうでもあり、嬉しそうでもあり……もう、放っておこうと直弥は思った。

「では、お邪魔しました！」

小さく頭を下げると、実智は寝室から出ていく。

「なんだ、直弥。おまえいつの間に、実智と親しくなった？」

斉木は、ひょいっと直弥の顔を覗き込んできた。

「でも、まあ、よかったよ。実智は、なかなかおまえとうち解けられないって、心配していたしな」

「そういうわけじゃ……」

直弥は困惑する。

まさか、実智が自分のことで気を揉んでくれているとは思わなかった。

「俺は、もともと取っつきにくい人間なんだ。……実智には気にするなと伝えてほしい」

さすがに、あれだけ年下の子供に気を遣わせていたのは申し訳なく思う。実智が嫌いというわけではなく、直弥は誰に対してもこうなのだ。心から人と打ち解けるということがなかったから、どうしたらいいのかよくわからない。

「そういうことは、自分で言えって。そうすると、途端に取っつきやすくなる。思うに、おまえが美人すぎて、表情があまり動かないのも誤解のもとだな」

斉木は、思わせぶりに笑っている。

「一皮むけば、単に人付き合いが苦手なだけな、小心者の可愛い男だってわかるのにな」

「……わかったようなことを……」

そう言いながらも、直弥は認めるしかなかった。確かに斉木の言うとおり、自分は人付き合いが苦手で小心者という弱さを、意地を張って隠し続けていただけだ。

斉木のように、強引に入りこんでくる相手がいなければ、今まで気がつかなかっただろうけれども。

(瀬木野の図々しさと、斉木の傍若無人さは違う)

かつて思慕を寄せていた男の名を思い出しても、直弥の心は不思議と落ち着いていた。斉木と狂ったように抱き合い、どろどろになるまで射精し続けたせいで、気持ちもすっきりしたのだろうか?

瀬木野もまた、斉木と同じように、直弥が拒んでも近寄ってきた。しかし、中に踏み込むというところまでは来なかったのだ。少なくとも、瀬木野は直弥の理解者ではなかった。

しかし、斉木は違う。

歪んだ形で出会い、まともじゃない関係を築いている。それにも関わらず、斉木は直弥にとって、もしかしたら生まれて初めての理解者になろうとしているのかもしれない。

勿論、今までそういう相手がいなかったのは、誰のせいでもない。直弥自身の問題だ。それはわかっているし、こんなことで斉木にされたことが許せるわけでもないのに、斉木という存在が、直弥の中で急速に大きくなりつつあった。

7

その後、斉木は二度と藤原や瀬木野の話をすることはなかった。直弥も同様だ。

二人の生活に、変化はなかった。昼は仕事をし、夜は狂ったように快楽に溺れる。毎日は、それの繰り返しだった。

けれども、二人の間の雰囲気は、変わったと思う。

馴れ合った、と言えばいいのだろうか。

セックスするか、口論するかという二者択一しかなかった関係だったが、最近では静かに傍にいる時間も増えてきていた。

同居人として、情が湧いたということだろうか？

直弥の斉木に対する態度は、以前よりはずっと和《やわ》らいだ。

意識して、そうしていたわけではない。実際に、実智に指摘されて初めて気づいた。

「最近喧嘩《けんか》しないですね。嬉しいです」と無邪気に喜ばれたが、直弥にしてみれば少々複雑だった。

肉体的には、とうに堕とされている。しかし、心では斉木を受け入れていないつもりだった。受け入れたのは、あくまで自分の現状だ。そのつもりだったのに、斉木という存在が、自分の中で大きなものになっていくのを止めることができなかった。

一緒に暮らしているというのが、大きいのかもしれない。

考えてみれば、直弥はこれから先、いつまでという期間のめどもないまま、斉木と一緒に暮らすのだ。刺々しい態度であり続けるよりは、それなりに歩み寄ったほうが、賢い選択ということになるのかもしれない。

環境に順応するとは、このことか。

きっかけは、勿論瀬木野のことだった。あの時、何も聞かないという優しさを選択した斉木という男の人間性は、直弥の心に少なからず影響を及ぼした。

とんでもなく歪んだ関係の中で、斉木に対しての情は育っていった。

ヤクザと共生者。自分達の関係は、それに尽きるとわかっていても。

そんな矢先のことだ。

「金、ですか」

時ならぬ久世の訪問を受け、直弥は途方に暮れていた。この斉木の部下は、西園寺も同じなのだが、自ら直弥に関わろうとはしない。あくまで、斉木を通しての関係でしかなく、その辺りは実智と違う。

ところが、その久世が、斉木のいないときに直弥の許を訪れた。直弥にとっては、ちょっとした事件だ。

斉木との関りの中で変わりつつあるとはいえ、直弥は人付き合いが苦手だ。それは、今も変わらない。こんな不意打ちの訪問を受けると、どうやって対応していいのかわからなくなる。ごく自然に振る舞うということが、できないままだった。

「そうです。金が必要です」

久世は、無表情で言う。

何も彼は、直弥に金の無心に来ているわけではない。

彼が欲しているのは、斉木のための金だった。直弥に、今まで以上に稼いでほしいと言っているのだ。

たとえ、インサイダー情報を使っても。

理由は、先日の藤原だった。

藤原や斉木の直接の上部団体は浜組ではなく、系列の白藤《しらふじ》会というヤクザ組織だ。その会頭が、次期浜組の組長の座を狙っているのだという。

しかし、執行部に対する根回しには金が必要だった。それで、下部組織の長である斉木や藤原に、金の調達が要求されているらしい。

ヤクザの世界では、よくあることなのだという。

ところが、そこから先がよくあることではなかった。

直弥が感じたように、斉木と藤原は犬猿の仲だった。そのため、藤原にしろ斉木にしろ、どちらかが一歩抜きん出れば、相手を始末するのではないかというところまでいっているらしい。

斉木の方は藤原を消すとまでは思っていないようだが、藤原の方はその気十分なのだという。

斉木の腹心である久世としては、どうにかして藤原を出し抜きたい。そのために、直弥は今まで以上に資金集めに協力するようにと、彼は言う。

久世にしてみれば、せっかく利用できる情報があるのに、あくまで正攻法での取引にこだわる直弥のやり方は、ぬるく見えるようだ。やるべきことをやっていないと言わんばかりの態度だった。

「しかし……」

直弥が口を開きかける。だが、逆接の接続詞を口にした途端、いきなり久世が懐から拳銃を取り出した。

「……！」

「あなたに、拒否権はない」

久世の態度は静かだったが、有無を言わせぬ迫力がある。

今にも引き金を引かれそうで、直弥は思わず両手を挙げてしまった。

「久世さん、そこまで……」

「そこまでの事態だと、思っていただいてかまわない」

命が惜しければ、言うことを聞けということか。プライドも何もかも捨てて、斉木に尽くせ、と。

すっと、背筋が冷える。

（斉木は、どうなんだ？　あいつも同じ意見か……？）

彼の共生者としてマンションに迎え入れられたあの日、やはり斉木はインサイダー取引をそそのかしてきた。しかし、直弥が露骨に嫌がったから、無理強いは得策ではないと考えたのか、あの時は引いた。

だが、藤原と争うことで、彼にも余裕がなくなったということだろうか。

（あいつにとって、俺は手駒だ。元々、俺の気持ちを気にする必要はないんだろうが……）

しかし、直弥の誇りを守ると言ってくれた斉木の言葉を思い出すと、なんとも虚しい気分になった。裏切られたような、と言ってもいい。

斉木と直弥の関係は、利害が絡んだ欲得づくのものでしかなかったはずなのに。

そして、そんな立場に堕ちたのは、直弥が斉木に肉体を支配されたからだ。

こんな関係で、裏切りも何もない。それなのに、この遣り場のない憤りはなんだ？

「斉木も、同じ意見ですか？」

落胆を隠せない声音で、直弥は尋ねる。こんな感情を抱くなんて、間違っている。斉木としても理不尽に感じるだろうに……。

しかし、気持ちを抑えることは、できなかった。

「斉木さんは、知りませんよ。……あなたのことについては、他の誰かの意見は必要とされていません」

久世は、微妙な言い回しをする。

その言葉に、直弥はどこかほっとした。斉木が直弥を脅すように指示したわけではないのだとわかって、安堵したのだ。

（な、なんで安心なんてしてしているんだ、俺は!?）

直弥は、軽く頭を振った。自分で自分がよくわからない。狼狽は、隠せなかった。

つまり、直弥の件に関しては、斉木は他の人間に手出しを許していないということか。

それなのに、忠実な部下である久世がこんな態度に出るということは、よほど切羽詰まっているのだろう。

共生者とはいえヤクザ社会のことについてはまったく関わりのない直弥にも、ようやく事態の重大性が理解できた。

自然と緊張した面持ちになる。

（……インサイダーか）

以前のように、馬鹿にするなと突っぱねられないのは、拳銃を突きつけられているせいではない。

直弥の中に芽生えつつある、斉木への情のせいだろう。

もっとも、単に斉木の出世のためだというのなら、即答で断っていた。そのせいで、銃口を胸に突きつけられることになったとしても。

どうせ撃てないのだとタカを括っているわけではないが、インサイダーに手を出すことなど、そうそう頷けるものでもないのだ。

しかし、斉木の身の安全がかかっていると言われてしまうと、強く出られなくなる。共に暮らし、快楽を共有する相手の危険を回避するためとなると、むげには禁断の錬金術を拒否できない。

藤原という男には、一度しか面識がない。しかし、確かに残忍そうな相手だった。あの男ならば、殺人の一つや二つ、犯しても平然としていそうだ。

（……斉木が殺される……？）

あの図々しい男は、殺したって死にそうには見えない。だが、彼だって人間なのだ。もしもの場合も考えられる。

久世の様子からは、緊迫感が伝わってくる。それも、直弥の心をぐらつかせていた。

滅多に外に出ない直弥にはわからないのだが、組内部ではきっと騒ぎになっているのだ。久世が、こんな行動を取ってしまうほど。

久世に差し出された資料を、直弥は一瞥する。

それに手をつけたら、以前の直弥が大事にしていたものの一つが、確かに壊れてしまうだろう。

だが、斉木を藤原より優位に立たせるためには、必要なのだ。

(どうする?)

自分たちの関係は、あくまで共生者と金を提供しているヤクザだ。肉体から陥落させられ、直弥はドロップアウトさせられた。理不尽な不幸を味わい、斉木に対しては複雑な気持ちを抱いている。

しかし、一緒に過ごした時間は、さらに直弥の気持ちを複雑なものにさせていた。

脳裏に、斉木の表情が浮かぶ。彼との暮らしが長くなるにつれ、単なる傲岸不遜な表情というよりは、悪ガキみたいな笑い顔の印象が強くなっていた。嫌みのない斉木の笑みは、なかなか魅力的だった。

あれを失うようなことがあったら、直弥はどうなるだろう?

不意に、膝下から砕けていくような、心許ない感覚を味わった。

(……くそっ)

悩んだあげく、直弥は資料を手に取りかける。

だがしかし、やはり迷いがあったからだろう。ドアが大きく開く音で、直弥は手を引っ込めてしまった。

「……ったく、俺が見ていないところで、何やってるんだか」

部屋に入ってきたのは、斉木だった。

「斉木さん」

久世は眉を寄せる。

今回のことは、完全に彼のスタンドプレーだったのだろう。斉木に知られるのは、明らかに好ましくないという顔をしていた。

「……直弥には、インサイダーなんぞやらせる必要がない。前にも、そう言っただろう？　今だって、それなりのパフォーマンスを上げている」

斉木は、小さく息をついた。

「しかし、斉木さん……！」

久世の抗議の声を、斉木は静かに制する。

「久世、おまえの気持ちはありがたい。だが、そのために直弥のプライドを奪うような真似をするな。……これ以上、こいつからは何も奪うな」

「……っ」

直弥は息を呑んだ。

斉木がこんなことを言うなんて、信じられない。

かつては当然のようにインサイダーを勧めてきた男が、今はそれに反対している。このマンションに来た日に直弥が示した嫌悪感を、ちゃんと胸に留めていたのだ。

そして、彼にとっては命がかかっているこの際まで、斉木は直弥を気遣ってくれている。

(この男……。本当に、俺のことを理解している。……理解、してくれた)

強引に直弥の日常を壊した男には、感謝なんて感情は持ちたくない。だが、胸がじんとしびれているのは確かだった。

今まで、斉木がある意味直弥に甘かったのは、共生者として使うために、ご機嫌取りをしているからだと考えていた。

また、役に立つ道具にはそれなりに報いようとしている結果だと思っていたのだ。

だが、それだけではない。

斉木にとっての自分は、ただの道具ではないのかもしれない。今さらながら、直弥は気がついた。

ちゃんと、一人の人間として、斉木は直弥を見てくれている。ただの利害関係だけで、自分たちは結ばれているわけではないのだ。

(……ああ、俺は馬鹿だ。また、ほだされていやしないか?)

直弥は、かすかに自嘲した。

口には出さないが、瀬木野の件は直弥の心に引っかかっている。忘れようと努力しているのと、本当に水に流せるのは違うのだ。

瀬木野の時も、自分なんかにしつこく近づいてくる彼へと、いつの間にかほだされていた。

そして、今度の斉木にも、直弥の意思すら踏みにじるように深く交わりを求められたことで、ほだされたのか?

(本当に、馬鹿だな……)

自嘲するというよりは、何かを悟ったかのように、直弥は心の中で呟いていた。

斉木という男にたまらなく魅力を感じている自分は、馬鹿以外の何者でもない。しかし、馬鹿だ馬鹿だと思いながらも、理性では御せないものがあるということすらわからないほどの馬鹿にはならないでおこうと、直弥は冷静に考えていた。

「あまり、久世を悪く思わないでやってくれ」

　不承不承帰っていった久世を見送ってから、斉木は小声で呟いた。

「あいつなりに、俺を心配しているだけだ。……ま、誰が悪いかっていえば、あんなふうに心配させる俺が不甲斐ないから悪い」

　斉木は、殊勝なことを言っている。格好つけているわけではなくて、素でこんなことを言える男だから、部下に慕われるのだろう。

「危険なことに、なっているのか？」

「何せ、ヤクザ稼業だ。危険がないと言えば、嘘になるだろ」

　小さく肩を竦め、斉木は苦笑いする。

「何？　心配してくれるのか。可愛いな」

「そういうわけじゃない。おまえがどうなろうと、俺には関係ない」

　どうして、斉木はこうも余計な一言が多いのだろうか。そんなことを言われると、素直に心配なのだと言えなくなるのが直弥の性分だ。

　それに今は、斉木に見つめられると煩くなる心音をどうしたらいいのかわからなくて、この戸惑いを押し隠すために、いつも以上に冷たい態度になってしまう。

「おまえらしいよ」

「……っ」

頭を抱えこまれるように、抱き寄せられる。いかがわしい意図があるというよりも、本当にただのスキンシップだ。自分たちはそんなことをするほど親しくなんかないはずなのにと、直弥は狼狽えた。

「……顔が赤い」

耳朶へ口唇を押しつけ、斉木は呟く。

直弥は、さっと顔を背けようとした。顔が赤くなっているなんて認めたくもないが、もし本当にそうなっているなら、斉木に見られたくなかった。

「直弥、こっち向けよ」

「嫌だ」

「いいから」

頬を吸われ、直弥は一瞬目を瞑った。今まで、こうして触れられるたび、自分はどういう態度を取っていただろう。どうすればいい？　思い出せない。自分を失っていっている。

「は、離せ。こんなことをしている場合じゃないだろ。あの藤原とかいう男よりも、どうにかして上に行く算段をしないといけないんじゃないのか？」

自分を抱き寄せようとする、斉木の手を直弥は払った。

「まあ、待てよ」

一度は手を引っ込めた斉木だが、それで直弥を諦めたわけではなかった。それどころか、背後から直弥を抱きしめにかかる。

「……っ」

後ろから両腕で抱きしめられ、直弥はびくっと肩を震わせた。首筋に押しつけられた口唇は、熱い。

「もう、平気か」

「な、何がだ」

「藤原のことだ。そういうふうに口にできるっていうのは……」

瀬木野の件は吹っ切ったのかと、斉木はそう尋ねたいようだ。

今まで、斉木の方からは藤原や瀬木野の話には全く触れようとしなかった。彼なりに直弥を気遣い、様子を窺っていたということだろうか？

（なんでおまえは、そうなんだ）

強引に直弥を堕としたくせに、その上で斉木は直弥のことを考えている。じゃあ、どうして出会った時から、そういうふうに接してくれなかったのか。もしそうだったら、直弥は……。

(俺は、どうしただろう)

口唇を噛みしめ、直弥は俯いた。

「直弥、どうした？」

黙りこんだ直弥が、心配になったようだ。斉木は、そっと直弥に声をかけてくる。相変わらず彼の腕は強引で、絶対に直弥を離すつもりはないようだけれども、何度も首筋やうなじに押し当てられる口唇の感触は優しい。

「……なんでもない」

「本当に？」

「おまえには、関係ないことだ」

できるだけ、さばさばした口調を作るように、直弥は努力しようとする。

結局、こうして素直になれないのは、やはり最初の出会いの件があるせいだろう。彼と関係を持ち続けてはいても、流されたり、ほだされたり、簡単にはしたくなかった。

……でも本当は、もう心が傾きかけている。

瀬木野への思慕は、とうに消えている。彼に売り飛ばされたと気づくより先に、獣じみた斉木との交わりを繰り返すうちに、淡い感情など粉々にされたも同然だった。

そして、瀬木野の裏の顔を知ったあの時、斉木が自分に見せた労りから、直弥は斉木への情を深めたのだ。

この、とんでもない暴君へ。

「斉木……」

これ以上、藤原や瀬木野の話をするつもりはなかった。

直弥は、声の調子を変える。

「なんだよ」

「久世さんの件は、もういい。だが、拳銃を突きつけられたのはぞっとしないな。……おまえの部下のことだ。責任取れよ」

斉木の右手を取り、直弥は自分の右胸へ導いた。

薄いシャツしか着ていない状態だから、ふくらんだ乳首の凹凸が服の上からでも微かにわかる。

斉木に弄られ続けることで、直弥の乳首は形が変わった。相変わらず、斉木は右しか弄ろうとしないから、右側だけが肥大し、色が濃くなっている。

そして、性器同様感じやすくなっていた。

「償い、か。ああ、そうだな……」

「う……っ」

斉木は、直弥の右の乳首へと、指を乱暴に擦りつけた。布地越しでも、十分な快楽になる。自ら導いたとはいえ、直弥は呻き声を上げてしまった。

「いつもより優しく、たっぷり可愛がってやるよ」

斉木の声は、甘ったるかった。

そういえば、直弥はいつも彼に反発したり罵ったり、叩きつけるように言葉を切ったりすることが多かったけれども、斉木はずっとこうだった。甘かった。

そのことを思い出すと、胸に感傷がよぎる。淡い、快楽とは違う種類の熱が泉のように湧き出《い》でる。

こういう気持ちは、苦手だ。

（……俺を抱けよ）

心の中で、直弥は呟く。

そんな淫らな命令は、言葉にできるはずがない。しかし、直弥の心をいつでも見通している男は、早速シャツの前を開け、直に肌へと触れてきたのだった。

「……っ、く、ふ……ぅ…」

斉木に対して足を開き、直弥は膝を立てた状態でベッドに横たわっていた。そして、太股の下から腕をくぐらせ、淫猥な動きを繰り返す穴を、自ら責める。

「もう、こんなに緩んでいるのか」

「……っ」

斉木の息を、後孔の粘膜で感じる。めくれたそこは、先ほど斉木に舐められたから、彼の唾液でぬらぬらと濡れているはずだった。

直弥は二本の指を、後孔に出し入れさせていた。斉木の太い性器を受け入れるための下ごしらえを、自らするのだ。

こうして淫らな媚態を見せつけて、斉木をその気にさせなければ、いつまでも射精は許されない。

どんな時でもはめられる性器へのリングは、今日は亀頭と根本と二ヶ所にはめられていた。そのせいか、肉幹はいつも以上に大きく膨らんでいた。

「ひ、う……っ、あ……あぁっ！」

「いやらしいな、直弥は。自分で弄るのが、そんなにいいのか」

「う……くぅ、ん…っ」

直弥は、激しく首を横に振った。けれども、それは条件反射のようなものだった。斉木の言葉には真っ向反発するという、いつもの癖。

本当は、好くてたまらない。

自慰をしていることがではなく、その浅ましい姿を斉木に見られているのが。そして、彼に歓ばれていることが……。

「……っ、あ、さい……き、斉木……っ」

下腹に、先走りの水たまりができはじめていた。反り返った性器の先端は淫らに開いて、ぽとぽとと大きな雫を溢れさせていた。

射精への欲求は高まっているのに、イけない。もどかしいが、このもどかしさが直弥の快楽だった。

「どうした?」

「いき……た、い……」

「なんだよ、今日は素直だな」

斉木は小さく笑う。息が太股にかかり、直弥は思わず柔らかい内股で斉木の顔を挟みこんでしまった。

「こんなにねだられると、焦らしてやれなくなるな」

「あ……っ」

膝頭から内股へ、丹念に口づけられる。そのまま性器に触れてくれるかと思ったら、違った。彼は張った陰嚢に軽く口づけただけで、すぐに口唇を離した。

「イれてやりたいが、おまえの準備ができているか、わからないからな……」

含み笑いの言葉で何を要求されたのかはすぐわかった。

「み、見ろ……っ」

直弥はごくっと息を呑むと、四本の指を後孔の縁に引っかけた。そして、その場所を大きく開いた。めくれた粘膜が、外気に触れる。びくびく痙攣しているのが、自分でもわかった。

「すごいな……。真っ赤になっている。おまけに、そんなに開くのか。ユルユルだな。ちゃんと絞まるのか？」

「ああっ」

からかうように、露出した粘膜を舌で舐められる。

肉襞を引き伸ばした状態で露出させているせいか、いつも以上に感じた。性器の頭が大きく震えて、はしたない涎をまき散らす。

「さい……き、斉木、お願いだ、もう……っ」

どくどくと、性器に血が流れこんでいる。この血は、欲望の証だ。陰嚢に溜まった精液は、噴出の許しを待っていた。

「どうした？」

直弥の股間から顔を上げた斉木は、胸へと口唇を寄せてくる。息がかかるだけで、大きくなっている右の乳首が勃起した。しゃぶって欲しいとせがむように、自然と胸が突き出てしまう。

「たのむ……から…」

勃起した乳首や性器を揺らしながら、直弥はせがむ。早く欲しい。体のありとあらゆる場所で、斉木と交わりたくなる。

「どうされたいか、言ってみろよ」

はしたない嘆願を引きずり出そうとしている言葉は、直弥の羞恥をかき立てる。目の縁まで赤くなって、瞳が潤んだ。自分が、どれだけ淫らになっていくか、わかっているからこそだ。

「……イれてくれ、斉木の……」

「どこに？」

「緩んだ、俺のいやらしい穴に……っ」

「イれるだけでいいのか？」

斉木はあくまで、直弥に対してがっつくことはない。長期戦で構えているのがわかった瞬間、直弥は陥落していた。

「いや、だ……っ、乳首吸って、イかせてくれ！」

恥も外聞もなくせがむと、斉木は額にそっと口づけてきた。そして、直弥の腰をようやく抱え上げると、広がった穴へと猛ったものを挿入しはじめる。

「あ……っ、くぅ……！」

「なんだ、緩いわりには絞め付けてくるじゃないか」

「は……ん、あ……くぅ……っ」

斉木の性器が、いつもより大きくなっているように感じた。直弥が敏感になっているせいか、それとも斉木がいつも以上に猛っているからなのか。いったいどちらだろうか。

「……あ、いい、斉木、斉木……っ！」

斉木の背中を搔き抱きながら、直弥は身をよじる。

下から腹を突き上げられ、乳首を肉厚の口唇でたっぷり吸ってもらっている。性器は斉木の下腹とこすれているだけだが、感じるには十分過ぎた。こんなに好かったことは、今までにあっただろうか。

「……っ、くぅ、あ……ああっ」

射精を許されない性器は、苦しそうに痙攣している。しかし、その苦しみすら快楽だ。性器が撥ねるたびに後孔は斉木を絞め付けて、肉の感触が直弥をさらに歓喜させていく。

「……あ、いい、イく、出せないのにイく……っ」

「直弥、すごいなおまえ……っ、イイ……」

女と同じ、射精を伴わない絶頂を迎えた直弥の中で、斉木もまた雄の絶頂を迎えていたのだった。


斉木が、直弥の胸に顔を埋めている。

セックスの後、こんなふうに身を寄せ合っているのは珍しい。だいたい、与えられる快楽が強烈すぎて、直弥は気を失うことが多かった。その間に体を清められていることがほとんどで、余韻に浸るように体を寄せた経験は、今まで一度もなかった。

だいたい、そんなものは自分たちの関係には似つかわしくない。ただの利害関係で、一緒にいるのだと思っていた。

(でも、もう違う……)

いまだ絶頂の余韻で勃起している乳首を斉木に与えながら、直弥は甘く狂おしい溜息をついた。

直弥の胸の中に、斉木に対する感情が育ち根付こうとしている。自分を堕とした男だというのに。

まだ、この気持ちに素直になるには、時間がかかりそうだ。もともと直弥は、感情を表に出すことを好まないのだから。

この男に捕らえられた日、こんな気持ちを持つことになるなんて、直弥は想像もしていなかった。

斉木は、どうだったのだろう。

「今日のおまえ、すごかったぞ」

右の乳首を手慰みに弄りながら、斉木は囁く。

「いつもより、変わったことしているわけじゃない。それどころか、普通にしただけなのにな。……甘くて、柔らかくて、その癖無茶苦茶絞めてくるし、好すぎた」

「知るか」

素っ気なく呟いて、直弥は顔を背けた。

うっすらと首筋が赤くなっていることが、斉木にバレなければいい。

直弥の体は、心よりも素直らしい。

直弥の体が好かったとしたら、斉木への気持ちが変化したからだ。セックスが、快楽を欲すること以外の意味を持ち出してしまったのだ。

今はまだ、直弥だけの秘密だが。

冷ややかな態度を取る直弥に、それでも斉木は腕を伸ばす。まったく、強引な男だ。しかし、この腕が力強く、迷いがないから、いつの日か直弥の意地も壊されてしまうかもしれない。

8

「そういえば、組のほうは落ち着いたのか？」

艶《なま》めかしく口唇を舌で舐め、吐息をつきながら、直弥は斉木に尋ねる。

直弥の体を胸で抱き留め、腕でさりげなく支えている斉木は、小さく耳打ちしてきた。

「どうして？」

「外に出るのも、久しぶりじゃないか……」

声が掠れているのは、体の奥には大振りのバイブレーターを咥えこんでいるからだ。小刻みに振動しているそれは、先ほどからずっと直弥を悩ませている。

恥辱は感じるが、それが快感だった。斉木の支配的なセックスに、すっかり直弥の体は馴染み切っていた。

斉木との淫らな生活は、変わりなく続いていた。それでも、心境的な変化は雰囲気にも出るのか、前ほど殺伐《さつばつ》として即物的な空気が漂うこともなくなっている。

この間も、実智に「最近、お二人がいつも一緒にいてくれるのが嬉しいです」と言われたばかりだった。

「まあ、なるようにしかならんさ。緊張状態が続いているってのは、確かに望ましくはないんだけどな」

最近気がついたが、斉木の片腕に直弥の腰はすっぽり収まる。そして、軽く体を傾けると、彼の肩や胸へとぴったりと寄り添うのだ。体の凹凸具合が、ちょうど嚙み合うのだろうか。なんとなく、笑みを誘われた。

こうして外出するのは、久しぶりだった。久世が押しかけてきたあの日から、斉木は直弥をあまり外に連れ出さなくなっていた。

それが、今日は久々の外出となったわけだから、何か状況が変わったのかと、察しがつくというものだ。

「藤原と、優劣がついたのか」

「なんだ、気になるか？」

「ならない」

この辺りの遣り取りは、以前とノリが変わらない。それでも、斉木の声はどことなく優しくなっていて、直弥の態度も完全な拒絶を意味するものでもなくなっていた。

傍で見ている実智のほうがあれこれ心配するほど、直弥の態度は大人げない。しかし、当の斉木は面白がっているようで、直弥をからかったり突いたりと、実に楽しそうだった。反発し、意地を張る直弥を、腕の中で苦もなく遊ばせている。

出会った頃から、彼はこういう男だったのかもしれない。直弥が気付かなかっただけで。斉木は確かに力ずくのセックスで直弥を壊したが、直弥を捕らえた後は、それほど強制力を働かせることはなかった。それどころか、直弥の反抗的な態度に憤っているらしい久世や西園寺、気を揉んでいた実智などにも、「気にするな。直弥はこれでいい」と言っていた。

斉木が人格者だとは、お世辞にも思わない。だが、ある種の度量の深さがあるのは確かだ。

そして、直弥のように感情を表に出すのが得意ではなく、意地を張りがちなタイプにとっては、ある意味相性がいいのかもしれない。

傍に居続けることができる、という意味で。

「……直弥は、まだ藤原のことが気になるか？」

からかうような態度から一転、どこかシリアスな口調に斉木はなった。藤原と付随して、瀬木野のことを直弥が気にしているのかどうか、窺うかのようだった。

瀬木野のことについては、完全に吹っ切れたといえば嘘になるだろう。

だが、傷口を弄くり回すように鬱々と考えることすら許さず、激しい快楽に直弥を引きずりこんだのは、斉木なのだ。瀬木野への苦い思いは、斉木が強引に消してくれていた。

「もしかしたら、俺はあの人と暮らしていたかもしれないんだろう？」

瀬木野のことは匂わさず、直弥は掠れ声で呟いた。後孔に異物を咥えたまま動くことには慣らされていたものの、感じてしまうことにも、追い詰められればきついことにも変わりはないのだ。

「なんだ、おまえ。藤原と一緒に暮らしたいのか？」

詰《なじ》るようでいて、彼の声は甘ったるい。

元から甘かったのに気づかなかったのか、最近とみに甘くなったのかはわからない。言葉に出さないが、彼の感情が透けて見えるようで、こちらの方が恥ずかしくなる。

斉木の自分への感情は、いまだはっきりとした言葉にはされていない。もしかしたら、それほど美しいものではないのかもしれない。欲望と、支配力のなせる技ということも考えられる。

しかし、皮肉な思考も、実際に彼の温もりに触れ、おどけるように笑いかけられたりすると、すっと消えていく。

彼の言動の裏を勘ぐったり、読もうとすることをやめて、ただ彼の気持ちを静かに感じたくなるのだ。

はっきりと、斉木からの言葉が欲しいとは思っていない。直弥の方が言葉にすることに苦痛を感じているのだから、斉木にばかり一方的にねだるというのもフェアではないだろう。

今の関係も、悪くない。このまま一緒に暮らしていくのも。

「絶対に、藤原よりは俺のほうがおまえを楽しませることができるぞ」

「く……っ」

尻を摑まれ、軽く引っ張られ、直弥は口唇を噛んだ。咥えたものが広がった穴から落ちそうになり、あわてて下腹に力を入れる。蠕動しているものを食い絞めようとすることで、強烈な快楽が直弥の体を貫いた。

「あうっ」

思わず、体がくの字に折れてしまう。

「……ほら、歩けるか?」

「ああ……」

斉木の手にすがるように、直弥は車から出る。

「……っ」

地面に足をつくと、後孔に咥えたバイブレーターの振動が、脳天まで貫いた。荒い息をつくと、斉木は直弥を抱きかかえる。

「今日も楽しめそうだな」

顔を覗きこまれて、斉木が笑いかけてくる。直弥は、軽く口唇の端を上げた。笑顔は、まだ斉木に向けたことがない。もともと、あまり感情表現が豊かではないのだ。でも、斉木に笑いかけられると、頬がほころぶ。それが、直弥から斉木への感情の発露だった。

そのまま、いつもどおりに店に入ろうとしたそのとき、異変が起こった。怪しい動きをした男が、まっすぐに直弥たちへと突進してきたのだ。

「……っ！」

斉木はさすがに、慣れている。直弥を遠くに押しやると、懐に手を入れた。そんな彼の前に、久世と西園寺が一歩出る。

ところが、男の狙いは斉木ではなかった。

直弥だ！

無防備な直弥に向かって、まっすぐに突進してくる。男の掌の中で、白刃がきらりと輝いた。

「……っ！」

体当たりをされた直弥は、痛みを覚悟した。ところが、いつまで経っても、その痛みが襲ってこない。

かわりに、自分にのしかかるように、大きな体が崩れ倒れてくる。

斉木だ。

彼は自分の体を盾にしたのだ。

「この野郎！」

珍しい怒声は、西園寺のもののようだ。その後、鈍い音がする。久世が無言で、襲撃者の腕を折ったのだ。

しかし直弥は、他を気にしているどころではない。

狂ったように、斉木の名を呼ぶ。

「斉木……。斉木、しっかりしろ！　しっかりしてくれ！」

「……う…っ」

いつもの減らず口が聞けない。斉木は呻くだけだ。まさかと思うが、深い傷なのだろうか？

もし、命の危機になるような傷だったら……？

直弥は蒼白になる。

「斉木、大丈夫か？」

返事はない。

直弥はさらに、パニックを起こす。

「斉木、斉木……っ、馬鹿、死ぬなよ。俺はおまえにまだ……」

まだ、何も言っていない。

反発してやまない、本当に憎くて仕方がなかった男。

捕らえられたくなどなかった。

けれども今では、斉木は直弥にとって、なくてはならない相手だ。

誰よりも、愛しい相手になっていたのだ。

「……まだ……？」

かすかな声に、ほっと息をつく。だが、いつものように饒舌じゃないのが不安で、直弥は斉木の手をぎゅっと握った。

「……まだ、言っていないことがある……」

斉木は苦しげに笑った。

「言っちまえよ、今のうちに」

「嫌だ。今は……っ」

言ってしまったら最後、斉木がどうにかなってしまいそうな気がした。どうして、そんな掠れた声で笑うのだろう。嫌だ。彼が消えてしまうのではないかと怖くなり、直弥は握る手に力をこめた。

「……じゃあ、俺が無事だったら言うか？」

「ああ……」

「いつも以上にうんといやらしくねだりながら、俺だけのものになるって誓うか？」

「……」

直弥は、思わず口をつぐむ。

そして、あらためて斉木の顔を覗きこんだ。

「……おい」

「なんだ？」

斉木の口元に笑みが浮かんでいた。

直弥は、眉間に皺を寄せる。

「おまえ、実はぴんぴんしていないか」

「そうとも言う」

直弥にもたれかかっていた斉木は、さっと起き上がった。

怪我をしている様子など、かけらもない。

「……だが、約束は守れよ」

「……この……っ！」

こんな急場に何してやがると怒鳴りつけようとしたが、周りはすでに人だかりができていた。こんなところで、口論している場合ではない。

「久世、西園寺、こいつ引っ立てて吐かせろ。……どうせ藤原の配下だろうが。俺の方が会頭代行に内定されたの根に持ってたみたいだしな」

斉木は、ちらりと直弥を一瞥する。

「俺の共生者は優秀だからな。おかげで俺は、会頭《オヤジ》のオボエもめでたい。そのせいで、直弥が逆恨みされたんだろ」

「……」

直弥は青ざめて、あらためて捕らえられた男を見つめた。

（……俺も、立派にヤクザの一員っていうことだな）

斉木の資金集めを邪魔するために送られてきた刺客が、この男なのだろう。

己の生きる世界は、こういう世界だ。

関わりたくもなかったはずの世界。

しかし、そこには斉木がいる。だからこそ、直弥はもう元に戻ろうとは思わない。過去を嘆くことはやめてしまった。

そして、我ながらぞっとするほど冷静な目で、久世と西園寺に連行される男を見つめていた。


「……帰るか」

呟いた斉木の言葉に、直弥は頷く。これでは、もう飲むどころの話ではないだろう。

彼を一瞥した直弥は、仰天した。

斉木の手から、血が滴っている。

「刺されて……!?」

「ああ、たいしたことじゃない」

「たいしたことだろ、血が！」

「心配しなくていい。おまえは、さっきみたいに怒っていろよ」

「……馬鹿野郎」

直弥は呻く。

まったく、どこまで強がりなのだろう。そして、逞しいのだろうか。

直弥が不安に思わないように、あんなことを言ったのか？

斉木は肩を押さえている。切られたのは、そこのようだ。直弥が血に気づかなかったら、きっとそのままごまかしたに違いない。

直弥が、ショックを受けないために。

（どうして、おまえはそうなんだよ……っ）

「病院に行こう」

「大丈夫だ」

「そんなに血が出ているのに」

「往診で、お抱えの医者を呼ぶ。面倒ごとになるからな」

「……ああ」

直弥は息をついて、斉木に従う。

そして、血にまみれた斉木の手を取った。

直弥の手にも、血のりがつく。汚れていく。

でも、二度とこの手を離すつもりはなかった。

（……堕ちていく。いや、この男と俺は生きる）

なくしたものを数えることを、直弥は完全に辞めた。それよりも、手に入れたものを大事にしたい。

斉木という存在を。


「それにしても、安心した。おまえ、意外に血には強いんだな」

手当を終えた斉木は、早速軽口を叩き出した。

彼の傷は幸いに、深くはなかった。しかし、怪我に慣れているその態度に、直弥の眉は寄ってしまう。それだけ、危険な立場ということだ。

斉木が刺された時には咄嗟に動くことができた直弥だが、マンションに戻ってから、どれだけ緊張していたのか自覚できた。

「……汚したな」

直弥の手を取って、斉木は小さく呟いた。

「かまわない」

直弥は答える。

「汚れたっていい」

すでに自分は、選んでいる。斉木の傍にいるという、生き方を。それが汚れたものだろうと。

真顔になった直弥に、何か感じるところはあったのだろう。しかし斉木はあえて、違う話題を振ってきた。

「ところで直弥、俺に言いたかったことってなんだ?」

「……忘れた」

あらためて問われると、口は重くなる。誰が言うものかと、意固地になってしまう。

そんな直弥を、斉木は楽しそうにからかった。

「おいおい、おまえいくつだ。ボケには早いぞ」

「うるさい」

斉木の前では、素直という単語がどこかに吹っ飛んでしまう。直弥はふっと視線を背け

た。

しかし、前のように、クールな自分でもいられない。精神年齢が幼くなったような気がして、それもどうかと思う。

でも、不思議なくらい、斉木の前では自然に息をつける。彼の傍にいるのは、こうして軽口を叩いているのは、嫌じゃない。

変わった自分を、受け入れられる。

……斉木が、生きていてくれてよかった。

斉木は、小さく笑った。

「まあいい。これから、一生かかって言わせてやろう」

つまりそれは、永遠に傍にいると言いたいのだろうか。

さらりと臆面もないことを言う男を、直弥は軽く睨みつける。

しかし、頬が赤くなっていることは自覚していたから、どこまで突っぱねられただろうか……。

むっつりと引き結んだ口唇が、よく動く肉厚の口唇にさらわれた。

貪るようなキスは深くなっていき、やがて直弥は斉木の腕に堕ちた。

おわり

後書き

こんにちは、あさひ木葉《このは》です。

さて、今回は久々に本が出ます、ということで調教です。一生懸命Mなことを隠しているツンツンが主人公でしたが、Mゆえに調教っつーかプレイ？　むしろプレイなのか……？　という気持ちに書いているうちになってきましたが、片乳首肥大調教楽しかった、いや、テーマはラブなのです。多分。

片乳首肥大調教萌え、ツンツン調教物ということで、高座《たかくら》先生の色っぽいイラストが、今からものすごく楽しみです。私のせいで、スケジュール調整にご協力をいただいてしまって、本当に申し訳なかったのですが、このお話に高座先生のイラストをつけていただけることが、本当に本当に嬉しいです。ありがとうございました！

ところで、片乳首肥大調教（しつこい）ですが、私の脳内では現在大ブームです。私の中で長らく萌えのポーラスターだった、卑語萌えを超えました。受は攻以外の前で服を脱げなくなるといいよ！　攻は受を独占するために、片方だけ大きくしちゃうといいよ！

……と思います。

今回のお話から、一から新担当さんとお話を作ったのですが、本当にご迷惑をおかけしてしまいました。なんとかお話を一本にまとめることができたことに、ほっとしています。まだ元のようにとはいかないかもしれないですが、これからも努力していきたいです。ずっと励ましていただいて、本当に感謝しています。ありがとうございました。次も頑張ります。

「虜～」の後書きでしばらくお休みを……と書いたこともあり、心配したり、励ましてくださったりする方もいらっしゃって、本当に申し訳なかったり、お気持ちが嬉しかったりで……ごめんなさい。そして、ありがとうございました。皆さんには、ものすごく支えていただきました。この本で、ちょっとでも萌えて楽しんでいただけたらいいなと、思っています。

実は、この本が出てから二ヶ月くらいは、発行予定がずれた分などもあり、発刊がものすごく多かったりします。その後は、普通のペースに戻る予定です。今の私の精一杯で頑張りましたので、何か萌え心にぴんと来るものがあれば、手にとっていただけたら嬉しいな、と思っています。

読んでくださいまして、本当にありがとうございました。

KAIRAKU HOHSYUU

狭い肉筒に性器を飲みこませてやる。挿入の瞬間、細い眉は苦しげに寄せられるが、それはほんの一瞬のことだ。熱い肉を感じると、すぐにその眉根は和らいで、溶けたような表情になる。

「あ……、斉木……っ！」

甲高い声を上げ、直弥が啼く。

日頃はクールで、ともすれば冷たいイメージが先行する男だが、こうして斉木に抱かれている時は別だ。最初は強張っていても、欲望の熱でたやすく溶けて、驚くほど淫らになっていく。

「……ん、い……い、あつ…いっ」

肉楔を飲み込んだ狂おしげな尻のうねりが色っぽく、まるで誘われているようにも見えた。

「美味いか？」

穴の中で直弥が一番感じる部分に亀頭が当たるように位置を調整してやりながら、斉木は尋ねた。

「は……ん、う……っ」

まともな返事は帰ってこないが、その表情を見るだけで十分だ。ろくに口を閉じることもままならないようで、開きっぱなしになっている。

艶めかしい表情だった。

直弥が仰向けになった状態で、膝を抱えこんだ状態で、二人は交わっていた。

直弥は自ら足を開き、斉木からは結合部分や勃起した性器が丸見えになっている。その性器の根本には、射精の自由を許さないリングがはめられていた。

そのせいで、勃起して筋が浮いた性器は、ひくひくと苦しげな痙攣を繰り返すだけで、斉木の許しがない限り射精はできない。

直弥は当然、このリングをはめようとすれば嫌がる。それどころか、セックスすら滅多に自分からは誘わないのだが、その硬質で淡泊そうな雰囲気とは逆に、被虐の性癖を隠し持っていた。

だから、セックスをしはじめてしまえば、日頃のクールな姿はどこへやら、焦らされ、弄ばれることを体は歓んだ。そして、彼の矜持は傷つけられる。しかし、それすらも直弥には快楽なのだ。

(まったく、おまえは可愛い奴だよ)

盛った性器を奥の奥まで突き入れ、小刻みに揺らす。すると、直弥は声も出ないほど好かったようで、体をのけぞらせた。

斉木の腰に絡みついていた細い足の拘束が、ひときわ強くなる。揺すってやると、勃起した直弥の性器の先端からは、先走りがどっと溢れる。

「あ……っ、も、や……いやだ、斉木……っ」

さすがに耐えかねたのか、苦しそうに彼は顔を覆ってしまう。

「イキたいのか？」

「ひゃうっ！」

大きな右の乳首をひねってやると、裏返ったような声が上がる。直弥の乳首は、右側だけが大きい。斉木が、右ばかり弄るからだ。

直弥の体は均整が取れていて、脱がせても本当に美しかった。そんな完璧な体だから、わざと非対称にしてやった。

……何も、完璧じゃなくたっていいのだ。

（それに、まあ、俺以外の奴には恥ずかしがって体が見せられなくなればいいんだよ）

はっ、はっ、と息を短くついている直弥の額に口づけて、斉木は心の中で呟いた。

直弥はイマイチ鈍いところがあり、斉木の気持ちについても、誤解している節が見られる。すなわち、斉木は直弥に好意を持っているにしても、そんなに度が外れた種類の感情ではない、と。

(嫉妬むき出しなんて、できるわけないだろ)

斉木は決して物わかりよくも、大人な人間でもないのだ。

ヤクザ稼業の人間に多かれ少なかれ備わっている、稚気《ちき》も消えていない。直弥の前ではあまり見せないようにしているが、人並みに嫉妬もすれば、独占欲もある。

直弥の快楽を支配したのは、彼を堕とすためという手段だけの問題ではなくて、単純に斉木の直弥に対する執着の表れでもあったのだが、直弥が気づく様子はない。

(まあ、そういうところも可愛いよ)

乳首を弄りながら、斉木は直弥の表情を覗きこむ。呼吸がかなり短くなって、始終ぶるぶる震えはじめた。これは、本当にそろそろ限界まで来ているらしい。

「……イキたいか?」

甘い声で、斉木は囁く。

普段は優しくしたところで、直弥は素直に甘えない。意地っ張りというよりは、甘え方がわからないタイプなのだと思う。

しかし、こういう時だけは別だ。

「いき……たい、だしたい……っ」

子供みたいにたどたどしい口調で、直弥は訴える。理性の制御を離れた彼は、とびっきり素直で淫らなのだ。

そんな彼を、斉木は慈しむような目で見つめる。そして、汗の滲んだ額へと、軽く口づけた。

「じゃあ、可愛くおねだりしてみろよ」

「あ……」

快楽で乾いた口唇が震えている。いくら理性をなくしても、はしたない願望をねだるのは、無意識の抵抗があるらしい。

だがしかし、今の彼はたやすく堕ちる。

「……し、て……」

囁くように、直弥は呟いた。

「俺の……んちんから、リング外して」

「いいぞ。外してやればイケるんだな」

「や……。さわ……って…」

「さて、どうしようかね」

こうして焦らしている最中も、直弥は感極まったかのように震えている。彼を貫いている斉木の肉楔も、肉筒の絞め付けに呼応するように膨張した。

「俺置いて、一人でイキたがるような奴の言うことは、聞いてやれないな」

「ん……っ」

直弥は、いやいやと頭を振った。

「一人……じゃない…」

直弥は上半身を少しだけ起こし、頰を擦りつけてきた。

「……斉木、中で出して、いっぱい出してくれたら……俺も…いく……いっぱい出す……っ」

「直弥……」

達したい一心の言葉かもしれないが、こんな素直にねだられると、斉木も逆らえない。

斉木は直弥に弱いのだ。

「……いいだろう。イカせてやるよ」

慣れた手つきでリングを外すと、ぶるっと直弥の性器が頭を揺らした。だが、先走りが溢れても、射精はしない。直弥は細い眉を寄せ、懸命にこらえているようだった。

直弥もまた、焦らされる好さは知っている。それとも、本当に二人でイキたいと思ってくれているのだろうか……。

(どっちにしても、可愛いよ)

斉木はもう一度直弥にキスすると、強く腰を抱え上げる。そして、極まったような声で啼き続ける直弥の最奥を征服した。

「ん……」

絶頂の余韻に浸りながら、キスを交わす。

直弥と多少なりとも気持ちが通い合ってからは、セックスの後のことが変わった。こうしてつながったまま、キスしたり、愛撫したり……つまりは、ごく普通の恋人同士のように。

恥辱を快楽と感じる直弥だが、こうやってごく当たり前に愛し合うというのも決して嫌いなわけではないようだ。

直弥が意固地なのは持って生まれた性格もあるだろうが、己の性癖を恥じていたこともあるのだろう。今だって意地っ張りだが、一度溶けてしまえば、後はただ甘い。それは、斉木は直弥の全てを受け止めていると、直弥に思ってもらえるようになったからではないかと、自負している。

斉木が直弥を知ったきっかけは、同じ組に所属しているヤクザ、藤原の動向を探っていた時だった。

世知辛《せちがら》い話だが、現代のヤクザに集金能力は不可欠だ。その藤原が、カタギの証券マンを追い込んで、自分の手足として使おうとしているのだという情報を掴み、最初は忠告してやるつもりだった。

しかし、実際にはゲイバーに通い続けている直弥と出会ったことで、斉木は考えを変えることになるのだ。

高慢に言い寄る男たちを振っている直弥だが、その顔は常に緊張感があり、思い詰めたような雰囲気が漂っていた。そんな直弥に、正攻法で近づいては振られている男たちを見て、なんでああも下手なんだ、ああいうのは思い切っていかなきゃ手に入らないよ、俺なら……と思ったのが、直弥への気持ちを自覚したきっかけだった。

藤原に直弥の存在を教えた瀬木野という男が、直弥にとっては数少ない友人であることも、斉木は知っていた。いや、友人どころか、もっと深い気持ちを直弥は抱いていたのかもしれない。最初に抱いた夜に、譫言で直弥は瀬木野の名を口走っていたのだ。本人は気づいていないようだし、斉木もそれを口にしてはいないのだが。

直弥が不憫《ふびん》だった。最初、高慢な美貌を貶めてやりたいという、雄の欲求があったことは否定しない。しかし、直弥を知れば知るほど、彼が愛しくなった。強がって、本当の自分をひた隠しにし、そして追い詰められていく彼を、自分が解放してやりたいと、斉木は考えるようになっていた。

（難しいことは考えず、おまえはたっぷり啼いてりゃいいんだよ）

まだ夢見心地の表情をしている直弥に、斉木はキスを繰り返す。

（おまえは自分のことを素直で可愛気がない男だと思っているみたいだけど、俺はおまえのことを可愛いって思ってるよ）

瀬木野に与えられた傷が、癒されることを願う。斉木がどれだけでも愛してやるから、いつの日か……。

「……斉木…？」

熱に潤んだ眼差しが、斉木を見上げてくる。冷たいガラスに覆われでもしているような美貌の持ち主は、覆っているガラスを砕くことで、さらに美しくなった。

細い指が、斉木の顔をなぞる。

「どうした、直弥」

「……」

一度合いかけた視線を、直弥が泳がせる。彼がこんな仕草をするとき、意図は一つだけだった。

斉木は、くつくつと喉奥で笑った。

「なんだ、もっと欲しくなったか」

つながっている腰を軽く揺すってやると、直弥はかっと頬を紅潮させた。図星のようだ。

そういえば、先ほどから下半身に彼の性器が当たっている気がする。

「本当に欲しがりだな、おまえ」

「…ち、ちが……っ」

嫌だ、違う、は直弥の条件反射のようなものだった。斉木はにやっと笑うと、不毛な反論を塞いでしまう。

言葉が不得手な直弥だが、その分体が素直だ。甘い睦言が欲しくないと言えば嘘だが、何がなんでもそれを欲しいとは思っていない。

言葉なんてなくても、直弥の気持ちはわかっているから。

「……可愛いよ」

そっと囁くと、直弥はびくっと震えた。彼は照れ屋だから、こんな言葉一つにも戸惑うのだ。

不意打ちで硬直してしまった体を抱きすくめ、斉木が育てた右の乳首を甘く啄《ついば》めば、直弥は鼻から抜けるような甘い吐息を漏らした。

「斉木……」

伏し目がちのまま、直弥は口唇を動かしている。精一杯、斉木に何か言おうとしているらしい。口唇の動きでわかるその言葉は、直弥の気持ちが込められているのだろう。言葉にすることはできないようだが、そんな羞恥心の強さも可愛らしいものだ。どんどん真っ赤になっていく白皙の美貌を、斉木は愛おしげに見つめた。

おわり

快楽報酬《かいらくほうしゅう》

プラチナ文庫をお買いあげいただき、ありがとうございます。
この作品を読んでのご意見・ご感想をお待ちしております。

★ファンレターの宛先★

〒112-0004　東京都文京区後楽 1-4-14
プランタン出版　プラチナ文庫編集部気付
あさひ木葉先生係 / 高座 朗先生係

各作品のご感想をWEBサイトにて募集しております。
プランタン出版WEBサイト http://www.printemps.jp

著者――あさひ木葉(あさひこのは)
挿絵――高座 朗(たかくらろう)
発行――プランタン出版
発売――フランス書院
〒112-0004　東京都文京区後楽 1-4-14
電話(代表)03-3818-2681
　　(編集)03-3818-3118
振替　00180-1-66771
印刷――誠宏印刷
製本――小泉製本

ISBN978-4-8296-2389-3 C0193